李九伟 著

我们的小时候

吉林人民出版社

图书在版编目（CIP）数据

我们的小时候／李九伟著. -- 长春：吉林人民出版社，2023.11

ISBN 978-7-206-20372-5

Ⅰ.①我… Ⅱ.①李… Ⅲ.①散文集-中国-当代 Ⅳ.①I267

中国国家版本馆 CIP 数据核字（2023）第 230132 号

我们的小时候

WOMEN DE XIAOSHIHOU

| 著　　者：李九伟
| 责任编辑：孙　一
| 出版发行：吉林人民出版社（长春市人民大街 7548 号　邮政编码：130022）
| 印　　刷：四川科德彩色数码科技有限公司
| 开　　本：880mm×1230mm　1/32
| 印　　张：7.25　　　　　　　字　　数：180 千字
| 标准书号：ISBN 978-7-206-20372-5
| 版　　次：2023 年 11 月第 1 版　　印　　次：2023 年 11 月第 1 次印刷
| 定　　价：58.00 元

如发现印装质量问题，影响阅读，请与出版社联系调换

朴素真诚的乡村叙事（序）
——读李九伟的散文集《我们的小时候》

南志刚

李九伟质朴有内涵，少年时期热爱诗歌，初心不改，笔耕不辍，矢志不移。从20世纪90年代开始，陆续于报刊上发表诗歌、散文、小小说、报告文学和文学评论近百万字，出版有散文集《慢半拍的人》、诗集《爱的低语》等。她文学写作不跟潮，不追风，不趋新，长期坚持自己的人生感悟和文学理解，沉浸于温暖温馨的爱的世界，用朴素真诚的文笔，轻声低语着人与人、人与社会、人与自然的爱的歌谣。

李九伟的家乡在中原大地，与我的家乡自然风物、生活习惯、乡村人物非常接近，《我们的小时候》中书写的衣食住行、儿时游戏、庄稼蔬菜、乡村娱乐、乡土人物和方言土语，唤醒我的童年记忆。阅读《我们的小时候》，对于我来说，就是一次温馨美妙的返乡之旅，也是一次回归童年的难得机会。

先是，她出版《慢半拍的人》和《爱的低语》时，惠赠于我，我欣赏她对文学的执着和平淡的笔调。如今，她的散文集《我们的小时候》出版在即，嘱我写一点文字为序。为序不敢当，我乐意写一点文字，表达对李九伟执着于文学写作的敬意，谈谈体会，站台助阵，既为了她朴素而有内涵的乡村叙事，也聊以纪念小时候乡村世界给予我的滋养。

《我们的小时候》中，李九伟坚持了朴素自然的生活态度，享受特殊年代乡村的简单快乐。她善于抓取乡村生活的日常，通过一小段一小段文字连缀起平平淡淡而又真真切切的乡村生活，反映特定时代中原农民真实生活状态和生存理想。她的本意是追忆个人小时候的亲身经历、所见所闻，但由于真实而朴素的文笔，让这些记录远远溢出个体记忆，而进入特定时代的"客观"记录，具有乡村史料的性质，反映中国当代乡村生活的变迁。

"化肥袋做棉衣里子"是特殊时代农村颇为时髦的衣服，是村主任、仓库保管员和到化肥厂拉货壮劳力的"光荣"，一般社员只有羡慕的份。"窝头杂粮""野菜也当粮"

描写的粗茶淡饭是乡村饮食的常态,最能抗饿的红薯,小时候吃红薯干、红薯面馒头、红薯凉粉、红薯粉条、蒸红薯、烤红薯,以红薯为主食。红薯帮我们扛过了饥饿年代,也落下了慢性胃病。九伟书写的土坯房、大瓦房、红砖房,"接二连三盖新房"是农民的责任,也是宿命,奋斗一辈子,能为儿子盖得起大瓦房作为婚房,应该是幸福的农民;如果结婚时能够置办齐全自行车、缝纫机、手表"三大件",绝对是富裕户才敢想的。在这样艰苦的生活里,李九伟笔下的乡村伦理依然温馨和谐,亲戚之间、邻里之间、亲戚的亲戚、邻里的邻里,七扯八攀的远亲,在东家常西家短的是非话语中,流露出富有乡土人文气息的关心,大家相互帮衬着过日子,携手共渡难关,也分享着简单的快乐。

《我们的小时候》摄取朴素真诚的乡村物像、风光、人物,叙述简单而和谐的乡村伦理,表达真诚真切的乡村情感。李九伟在叙述每一个故事的时候,都采取平静、平淡、自然的书写姿态,让人物、事态、风物自动走上前台,进行自我展示。作者仅仅作为一个忠实的"记录员",几乎不进行任何评判,似乎担心打扰了这些安详宁静的田园风光。这既是一种尊重,是一种"倾听人物的声音"的态度，也是一种自信，她相信忠实的记录，带着朴素的力量，带着生活的原生态，牵引读者的记忆和回想。

文贵真诚。子曰：辞达而已矣。历代多以为夫子强调文辞达意即可，过犹不及。苏东坡言：能使了然于口与手者乎？是之谓达。将辞达理解为观物、达物之妙。《易·乾卦·文言》云：君子进德修业，忠信所以进德也；修辞立其诚，所以居业也。由是而解，"辞达"不仅为达物，更为达心，达物为妙，达心为诚。此心既可指创作主体的内在心灵，亦可指张载所谓的"为天地立心"。自我之心诚，方可为天地立心，成就"诚"之大者；由人心而文心，达个体心灵之诚，达天地之大，文之大者焉。《我们的小时候》书写真诚自然的乡村伦理，作者对乡村风土人情，一片真诚，记人、叙事、状物均发乎自然，没有夸张变形的情感张扬，没有故作怀旧的相思乡愁，有的是平淡自然的叙事节奏，藏巧于拙的情感表达，在平平淡淡的叙述描摹中，显出真物、真人、真事、真意、真趣、真情。

李九伟有一颗童心。这份童心，发蒙于孩提时代，虽经世事变幻、生活沧桑，不改其心，是为赤子之心，纯净无垢，自然随性。李贽以为童心乃人"最初一念之本心也"，"童子者，人之初也；童心者，心之初也"。《我们的

《小时候》的"童心"表现在三个层面：第一是童心童趣，对童年生活的追忆，包括"唱过的歌""玩过的游戏""动物玩伴""童年囧事"等，叙述艰苦时代里天真无拘，充满趣味的儿童世界。第二是始终用一颗童心理解家乡的亲戚邻居、风物习俗和乡村故事，对每一个人每一件事都抱有赤子之心，情感自然朴素，笔调平淡中见真情。第三是李九伟对文学有一颗赤子之心，忠诚于文学，忠诚于叙述，忠诚于事项本身的自然呈现，忠诚于朴素和谐的乡村伦理。童心，让李九伟重返"我们的小时候"，致力于"还原"数十年前的乡村原生态，在乡村生活不断被现代性书写"折叠""穿越"的时代里，虽然寂寞，却弥足珍贵。这，正是《我们的小时候》价值所在。

（南志刚，中国文艺评论家协会理事，浙江省中国当代文学研究会副会长，宁波市文艺评论家协会主席，宁波大学人文与传媒学院教授。）

目录
CONTETNS

第一章 衣食住行

003 **衣不完采　朴拙尤美**

003 借褂子相亲

005 纯毛毛衣

006 小大衣

008 棉裤　秋衣

009 千层布底鞋

011 灯芯绒绣花外套

012 化肥袋做棉衣里子

013 海军服　翻领毛衣

015 纱巾

017 喇叭裤

019 白色塑料凉鞋

023 的确良衬衣

026 **粗茶淡饭　食而无肉**

026 窝头杂粮

027 芝麻叶面条

028 野菜也当粮

031 烧毛豆　燎麦穗

031 豌豆角

033 野草野花

035 茅线　山里红

037 馓子汤　菜角　水煎包

039 猪大肠　鸡肉

040 百宝箱　老杏树

041 走亲戚

043 豆瓣酱

045 柴火锅

048 吃肉食儿

056 **广厦万间　一隅安身**

056 我家老屋

062 土坯房的老村

065 红砖瓦房的新村

067 接二连三盖新房

069 缝纫机　收音机

070 哥哥的婚床

071 写春联

073 **日行千里　夜行八百**

073 架子车上看风景

075 自行车　摩托车

079 **唱过的儿歌**

第二章　童心童趣

084 **玩过的游戏**

084 抬花轿　叨鸡　挤油油

086 踢房子　跳绳子　抓石子

087 玩泥巴

089 挑棍　赁窑

090 砸砖　打扑克

092 动物玩伴

092 鸡

095 猪

097 马

098 蚂蚱 蛐蛐 香半夜

100 青蛙

101 蛇

103 童年囧事

103 我是亲生的吗

106 说个婆家

107 打防疫针

109 我是"侠女"

第三章　希望的田野

- 113　高粱
- 117　麦田
- 122　玉米
- 126　大豆
- 130　红薯

第四章　乡村的娱乐

- 139　看电影
- 142　看戏
- 144　听说书
- 146　听广播

第五章 乡村人物素描

151 米红

155 白芷

158 玉蜀表婶

161 荞麦嫂

163 芷若

167 干渠

171 禾苗

175 杀猪匠与"祝英台"

178 剪秋

181 君迁

184 青黛

188 椿妮

193 丁香

197 橘红

202 奶奶的规矩

206 徜徉于故乡之河的童年方舟

衣食住行

第一章

我们的小时候

:)

20世纪80年代初,是我童年印象深刻的几年,那时刚改革开放,农村人吃饱穿暖不愁,但要吃得营养美味,穿得舒适美观,住得宽敞明亮,出行轻捷方便,条件还达不到。

衣食住行背后,有许多童年记忆和难忘的故事……

衣不完采　朴拙尤美

借褂子相亲

大堂哥结婚的时候，我还不记事。印象中的大堂哥是四白脸，大眼睛，双眼皮，身材中等，体形微胖，穿四个兜的中山装，人家说他像公社下来的干部。他和大堂嫂是一对恩爱夫妻。

妈妈说，大堂哥和大堂嫂当初是借我爸的褂子相亲，喜结连理。那时我爸在县城工作，孩子小，没压力，做了件新褂子。大堂哥相亲就借了我爸的褂子。他和堂嫂一见钟情，准备结婚时，堂哥来还衣服，我爸说不用还了，送他了。

后来我问过一位跟堂嫂同龄的阿姨,她说那时买布凭证,扯块鞋面布都要斟酌再三,不娶媳妇嫁闺女,谁舍得做新褂子?

大堂哥借褂子相亲,找到了一生的真爱!一辈子虽没享受过荣华富贵,但他们夫妻相亲相爱,其乐也融融。

我小时候常在大堂哥家玩。他家吃的穿的都比我家好。堂哥农闲时在县搬运站干活,村里在那儿干活的人只有两个,有挣钱的活儿干,自然家人的吃穿都要好些。大堂嫂有一件带大襟的蓝士林布褂子,据说很让村里的年轻媳妇羡慕。

村里人也到村南糖库扛糖包或在县城边上的工地挖土方挣钱。虽辛苦,却是城郊农民的福利,离城近才有这样的挣钱活儿。

2016年,六十多岁的大堂哥病逝,堂嫂每日以泪洗面。村里媳妇见到她,都会被感动,忍不住陪她哭上一场。我去看她时,她也是泪流不止。为此,我还写了一首诗《大堂嫂》:

你说,泪总也流不完/你说,他才过花甲没皱纹/你说,白天就你一人/他在,两人还能说说话/大堂嫂,我去看你

时，你说

初相识时/你们风华年少，一见倾心/你庆幸，上天给你一个他/你们青葱的爱/沐浴日月光华/催开一室儿孙之花/结出知足常乐之果/你感念清风明月/送你们天伦之乐

岁月缓缓流淌/漫过你们突出的脊柱、变硬的血管/被磨成了，一把刀/一不留神，误伤了他/你每天为他做饭洗涮，陪他说话/少年的夫妻，可要一起变老啊/他却一声不吭，走了/天妒恩爱眷侣吗

你心有不甘/每天用眼泪冲洗/没有他的孤寂/纵儿女孝顺，哪有他贴心/你说，什么时候才能再相见啊/你每天在心里祈祷/来生，还能再见吗？

纯毛毛衣

我大哥订婚时，我还小，过中秋节，当工人的大哥不好意思去大嫂家走亲戚，就拿了点心抱上我，到大嫂家门口时放下我，让我去，他就回家了。大嫂在择嫩油菜，她剥个菜苔给我吃。大嫂的大嫂绰号"马喳子"，整天嘻嘻呵呵，唧唧咋咋，她抱起我，嘎嘎笑着逗我。我对她有点忌惮，一次在地头上，我躺妈妈怀里吃奶，她笑我这么大

了还吃奶,让我觉得很羞。

我听大人说,大嫂订婚时,我家送的衣物让村里人羡慕,有灯芯绒套装,还有爸爸从内蒙古出差买的纯毛毛线,大嫂织成了毛衣。

侄儿快出生时,大嫂挺着大肚子,领着五岁的我去县城洗澡。我第一次进澡堂,见里面的人都光着身子,感到难为情,说什么也不肯脱衣服。没办法,大嫂只好一人进去洗,让我坐在放衣服的小床边看衣服。

我坐得无聊,旁边一个中年妇女对我说,你家大人叫你呢。我赶紧去找大嫂。澡堂里热气腾腾,看不清人,我着急,带着哭腔喊了几声"嫂子"。大嫂出来了,我们一起回到放衣服的小床边,却发现大嫂的毛衣不翼而飞,嫂子伤心地哭了。后来我才知道,当时拥有一件纯毛毛衣,不亚于现在拥有一件羊绒大衣。

小大衣

宁波最冷时,地上也能看到嫩绿的草芽,穿保暖内衣加羽绒服就足够暖和。我小时候,要把绒衣、小棉袄、大棉袄、小大衣依次套身上。老家在淮河以南,屋里没暖气,冬天奇冷。

小大衣曾引领冬季的时尚。哥哥们每人一件黑呢子带毛领的小大衣，样式跟军大衣像，长及膝盖，叫小大衣。爸爸是县生产公司的采购员，常去新疆、内蒙古出差，毛领是他出差买的。小哥说，他穿毛领小大衣上学，同学都羡慕呢。

上小学后，我捡了小哥的小大衣，二哥的给了小哥。大哥和嫂子都有了新的小大衣。拥有一件小大衣，是富裕的标志。

棉袄外穿时，要罩布衫。布衫是呢子或洋布面料，过年才做新的。有一年流行盘花扣，我的新布衫是深红底色上有些碎花，盘花扣让"马喳子"嫂做。我急着看新衣，就到"马喳子"家门前玩，她正和大嫂的妹妹小乔姐一起编盘扣，看见我，她笑着说，给你做着呢。我突然害了羞，赶紧跑开了。

新衣服大年三十穿上，过几天就脏了，上面有油污点子，但亲戚没走完，我舍不得脱下来洗。

我的新裤子是蓝士林布的，好看不结实，春天没过完，裤子的屁股、膝盖处都磨出了洞。打补丁时，大嫂用缝纫机在补丁周围轧出两条白线，跟裤缝轧的两条白线对应，很搭配。踢毽子时,我弯着小腿踢,膝盖上的补丁感觉很美观。

大家都穿带补丁的衣服。补丁跟衣服颜色是否搭配,做工好不好,有关体面。家里穷的男孩,灰裤子上打蓝补丁或黑补丁,突兀而丑陋。好在大家都不讲究。我的棉袜底穿破了,妈妈给我打的补丁像鞋垫一样厚。

棉裤　秋衣

我的棉裤里面套有绒裤、秋裤,腿裹得紧紧的,上小学一年级时,我尿急,棉裤带子却打了死结,怎么也解不开,结果尿湿了棉裤。

中学女生也穿厚而丑的呢子棉裤,没罩裤。邻居白芍姐走路总低头瞅自己的黑棉裤。谁没爱美之心呢?我们七八岁,白芍姐是十几岁的大姑娘了,她妈的针线活不细,她的棉裤短了一截子,露着脚脖,怎不让她难为情?偏偏跟她有矛盾的桃子姐,喜欢炫耀自己的新棉裤,她得意扬扬的眼神,让白芍姐更自卑了。

刚流行腈纶秋衣,爸爸就给我买了一身。我喜欢晚上拉黑灯后脱秋衣,擦出的火星,在黑暗中一闪一闪,像迷信里的鬼火。秋衣一冬天也不换洗,里面虱子成堆,衣服褶皱里密密麻麻都是虱子卵——白色的虮子。捉虱子是睡前一项趣事。吸饱了血的虱子,像黑芝麻一样,被我用指甲压在箱盖上挤,啪地瘪出一小摊血。

我的头发里也长了虱子,用手指在头发里摸,能摸出虱子来。奶奶用篦子给我篦头,用脸盆接着,虱子在盆底蠕动。大堂嫂看了嫌弃得皱眉头。过几天,奶奶给她女儿篦头,也同样篦出很多虱子。小孩换洗衣服少,大人也没工夫管孩子。

千层布底鞋

我穿的鞋,都是大嫂做的。有双棉鞋是千层布底的,灯芯绒鞋面,鞋帮絮了棉花,很暖和。奶奶用一个废弃的小铁锅熬桐油,给我的棉鞋底和鞋帮涂了厚厚几层桐油,防渗水。桐油干了,穿棉鞋走起路来咔咔响。鞋底硬而滑,下雪后,地上结了冰。我们上学的路上有个陡坡,放学时,陡坡被高年级的学生滑成了冰道,大家穿着棉鞋在冰道上滑,玩得热火朝天。我摔了个屁墩,膀子疼了两个月。

千层布鞋底是用破布和面糊一层层粘起来晾干，打成"浆子"，把"浆子"比着鞋样子剪，剪好后摞起来，用粗棉绳纳成鞋底。针脚密密麻麻，像一粒粒白芝麻。纳鞋底要用劲，女人纳鞋底时，右手中指上戴个顶针，纳一针，把针在头发里篦一下，似乎这样针会变锋利。千层底鞋费工夫。平常我们穿的鞋都是买的塑料底。鞋帮做好，跟鞋底缝一起就成了。

作家刘庆邦的小说《鞋》里，写了一个叫守明的姑娘给对象做鞋。让我想起大嫂婚后给我们全家人做鞋，单鞋、棉鞋都做。爸爸和大哥在单位上班，常有同事羡慕他们的鞋做工好。我穿过唯一的一双扎花布鞋，也是大嫂给我做的。

妈妈枕头底下有一本旧书，里面夹着纸剪的一家人的鞋样子。妈妈会剪裁和缝制小孩的棉袄棉裤。她个子不高，脚又小，整天地里家里忙不停，脾气不怎么好，哪有工夫给我纳鞋底做鞋？

后来我结婚后，婆婆从老家带来一大袋几十双布鞋，全是千层布底单鞋、棉鞋、松紧口鞋、大口鞋，还有手工纳的十几双鞋垫，都是她年轻时做的，放了几十年。

我穿一双布底鞋到小区散步，邻居见了说，这样的鞋一双要卖几百元呢。婆婆年轻时能干，针线、茶饭、农活样样行。我想，要是我小时候有这么多布鞋，该多幸福啊！

灯芯绒绣花外套

上学前，我有两件灯芯绒绣花外套，一件玫红色，一件金黄色，是爸爸去北京出差时买的。灯芯绒在当时是时髦衣服。妈妈说，我的衣服一穿出去，就有村里人来要，他们说我爸常出差，可以再买。

小学一年级时，我穿着那件金黄色灯芯绒绣花外套，参加学校的元旦联欢会，在台上唱《绣金匾》后，被选入学校宣传队，每天下午放学后，在操场上排练舞蹈。

三四年级的学生跳《公社是棵常青藤》，变换的队形，时而像8，时而像面旗，很好看。我们一、二年级的小学生，跳《学习雷锋好榜样》。跳舞的女孩里，穿裙子的就我和凤灵两人。我的花裙子是爸爸去北京出差买的。凤灵的裙子是她的裁缝妈妈做的。

学校里的人大都知道，一年级有个穿灯芯绒绣花外套的小姑娘，绰号"大白脸"，那就是我。我是班里的文体委员，负责领操领歌。

夏天，我穿的汗衫、衬衣都是爸爸买的花棉绸做的。放学后，我跟同学到大队的林场捉"花大姐"（一种昆虫），脖子被蜜蜂蜇了一个包，大概蜜蜂把我衣服上的花当成真的了。"花大姐"串在一根狗尾巴草的长梗上，回家放灶火上燎熟，吃起来很香。

学校也有穿得差的同学。三年级一位女同学，学习成绩班里第一。但她家穷，整个春天，她都穿一件老太太的带大襟的黑粗棉布褂子，褂子又宽又长，垂到她的小腿处。课间，她跟同学踢毽子，褂子像个大袍子，随着毽子摆动，让我记忆犹新。

化肥袋做棉衣里子

我的棉衣里子，是一种柔软结实的黑布，其实是一种日本化肥的袋子，我们叫它"尼龙袋"，原是白色，印有字，妈妈把它煮染成了黑色，字迹隐约可见。我领着大侄儿去邻家玩，邻居婶子用手翻我们的棉衣里子，边翻边感叹："看看，这么小就穿尼龙袋。"

爸爸工作的生产资料公司卖化肥，他同事大都是双职工，爸爸在单位算困难户，同事送爸爸一些尼龙袋。妈妈把尼龙袋当礼物，送一些给邻居或亲戚。

大哥在农修厂当工人，厂里发白色的线手套。大嫂把手套拆了，煮染一下，给侄儿织线衣、线裤。

厂里人也送工作服、线手套给村里人，村里人回赠一些农产品。冬天的井边，妇女们围成一圈，拆手套，烫洗手套线，说说笑笑，热闹得很。手套线是纯棉的，不结实，但也舒适暖和，没有毛衣，有件线衣也相当时髦。

海军服　翻领毛衣

大侄儿作为长子长孙，从小穿的衣服都是我爸出差买的成衣。成衣布料结实，样式新颖，有流苏、绣花，农村少有人穿。夏天，侄儿穿着背带短裤、海军服短袖，露着肉嘟嘟的胳膊腿。我带侄儿去他大妗子"马喳子"家玩，"马喳子"抱起侄儿，嘎嘎笑着说："爷奶奶好积德，爷奶奶好积德。"在重男轻女的农村，认为生男孩是爷爷奶奶积德得好。

来了说书人，大家都到村里的仓库听说书。我领着侄儿去了，旁边坐着侄儿的姥姥，她宠溺地叫我侄儿"老龟孙"。我回家告诉了妈妈，妈妈抿着嘴笑，一点儿也不生气。"龟孙儿"是姥姥家的人对外甥的昵称。

"花大娘"称呼她的外甥是"张龟孙",她女婿是"倒插门",大家跟着叫"张龟孙"。有一次我叫"张龟孙"时,孩子的爸听到了,他笑着说:"可不敢这样叫啊"。虽如此说,这位矮胖的厨师,并不真的生气。

大侄儿下嘴唇厚,有点趴啦,样子呆萌。他是个有心事的娃,从小没奶吃,是吃米粥、面糊长大的。他馋奶,看到我的大堂嫂、二堂嫂来,他就搬个小板凳,默默放人家面前,人家知道他想吃奶,就喂他一些。若人家没理他,他也不哭不闹,只是嘟着嘴,面无表情。他从小跟爷爷奶奶睡,别人问他吃谁的奶长大的,他说"吃爷爷的奶长大的"。

冬天,大侄儿穿着翻领毛衣、小皮鞋,神气得很。我们的教室对面,是大队的广播室,侄儿的小姨小乔姐是广播员。有一次,小乔姐把侄儿带到广播室玩,中午放学时,小乔姐让我领侄儿回家。侄儿不肯走路,我又抱不动他。幸亏邻村的大同学,见侄儿那么可爱,一路上都争着抱他。

纱巾

上小学一年级时，我的书包、文具盒都是爸爸从北京买的。我戴的纱巾是爸爸从青海买的。这纱巾跟同学的不一样，人家的纱巾握起来柔若无物，我的纱巾质地较硬。一位女老师问我纱巾在哪儿买的，我说我爸在青海买的，连老师都有点羡慕我了。也有同学怀疑我的纱巾是打面机里的箩底，因为大嫂在村里打面机房打面。

过年时，爸爸朋友的女儿翠屏姐到我家拜年，她说想跟我换纱巾，我爽快地答应了。翠屏姐二十来岁，高个儿，白净丰满。大嫂说她家有意让她嫁给我二哥，因为我家在城边上，住瓦房。逢年过节，翠屏姐都来走亲戚。大概我二哥跟她没缘，她没成为我二嫂。

妈妈说，翠屏姐的父亲曾是我爸的同事，因为听了媳妇的话，辞职回家开荒，做回了农民。我爸也有过这样的念头，我妈不让爸回来，当时只有大哥、二哥两个孩子，我妈说爸在单位有饭吃，领了工资还能籴（买）粮食补贴家里。

爸爸的另一个朋友，在乡镇粮管所上班，与我堂姐是同事。他来县城看病，住我爸单位的宿舍里，让他20岁的女儿凤仙住我家。凤仙姐高个儿，大眼，圆脸，皮肤微黑。他父亲有意让她嫁我二哥，她家在西山里，弟妹多。凤仙姐带来一网兜芋头，还有干豆角。我第一次吃芋头，感到很新鲜。大嫂说凤仙实诚，堂姐却看不上她，说她傻里傻气。

凤仙姐在我家住了一个多月。堂姐周末从单位回来，我们三人挤在一个床上。堂姐嫌凤仙窝囊、不讲卫生。凤仙给我买一双方口的格子布鞋，鞋太大，空着半截，给大嫂穿了。凤仙姐与我二哥也没成。后来大嫂在县城见过她，她嫁到城北的村里了。

堂姐是我二伯的女儿。二伯九岁参军，参加过抗日战争、解放战争、抗美援朝战争，退役后在县粮食局工作。1958年"反右"运动中，二伯因直言被打成"右派"。1978年，根据上级精神，给"右派"摘帽子，被错划右派已亡故的，其子女适当安排工作。堂姐是二伯唯一的孩子，1979年6月被安排到乡镇粮管所工作。爸妈对堂姐很亲，堂姐周末或过年，都回我家。那时奶奶还在世，一家人过年特别热闹。大年三十中午，家人啃大骨头。堂姐和我小哥一人拿个大猪蹄啃，看他们吃得香，我也想吃，但不敢吃，怕吃了猪蹄变得猪手猪脚写不好字，就只吃大骨头上拆下来的肉。堂姐对我很亲，一回来就陪我玩。过年还给我压岁钱。

后来我上初三时，堂姐打电话给我爸，让我转学到姐夫任教的中学，那所学校升学率全县第一，我就是在那里考上县一高的。

喇叭裤

二哥结婚前，没什么好衣服。小哥当兵寄回一套军装，二哥最喜欢穿。听二哥说他高中毕业时想当兵，爸爸和大哥都在单位上班，家里的地没人种。二哥从小爱劳动，十几岁时能担水、挑粪。他个子又高，力气又大，是个好劳力，爸妈没让他当兵。作为兄长，他和大哥一样，为父母分忧，做了一些牺牲。二哥和小哥都希望接爸爸的班，吃商品粮。小哥个儿矮，但脑子聪明，口才好，爸爸有意让他接班，高中一毕业，就让他去当兵见世面，回来后到爸爸单位上班。为此，二哥对爸妈很有意见。

二哥相亲是家里人喜闻乐谈的事。有一次，二哥和大嫂在豆地里拔缠在豆秆上的菟丝子，一位亲戚突然领了个姑娘来我家，说是给二哥介绍的对象。二哥来不及换衣服，穿着旧衣服见了那姑娘，双方都没看上。

二嫂是后来妗子介绍的，二嫂的妈是妗子的娘家姐，我妈是妗子的婆家姐，算亲上加亲。二哥二嫂一见钟情。二嫂喜欢二哥高个儿，皮肤白净，二哥喜欢二嫂丰满健壮。二嫂第一次来看家（女方在媒人陪同下来男方家），两人就在房间里嘀嘀咕咕说个没完。80岁的奶奶颇有微词，奶奶一辈子讲规矩，说一个姑娘家，哪能跟对象待房间里说话，把家长和媒人晾在外面。二哥的相亲仪式蛮隆重，连堂姐都请假回来了。二嫂说相亲时，我妈给她一百元见面礼。吃过晚饭，二哥送她回妗子家，两人在妗子村外的小桥上，说了大半夜话，才依依不舍分开。

爸爸说给二哥盖的四间新瓦房，花了一千七百元钱，那是1981年。大哥结婚的瓦房是搬新村时村里分的，爸爸多年的积蓄加上大哥的工资，都花在了二哥房子上，新房陆陆续续三年才完工，算是村里比较气派的房子。

二哥结婚那天，穿一件天蓝色的微喇裤，二嫂穿带松紧的大红尼龙衫、红褂子。那时，尼龙衫大概十三块钱一件。

洗脸时，因为我手小，没劲，拧家里的毛巾总感到费劲,就喜欢用二嫂从娘家带的小毛巾。奶奶却有意无意表示,二嫂带这么小的毛巾来,是因为娘家贫。

二哥个儿高,穿微喇的天蓝色裤子,显得腿更长了。微喇裤是时髦衣服,但跟大喇叭裤有区别。

那时街上穿大喇叭裤、高跟鞋的青年男女,被人称作"流氓"。邻居晴嫂子的娘家妹妹大秋,给晴嫂子哄小孩。大秋说话直愣,脸上长满青春痘,抹一种有点刺鼻的雪花膏。有段时间,她穿起了大喇叭裤,屁股包得很紧,走起路来,裤脚像两把扫帚,呼甩呼甩的。一次,大秋从远处跑过来,胸前两个尖峰一晃一晃的,坐在门口聊天的两位大娘窃窃私语。她们说:"一个姑娘家,胸咋晃晃悠悠的?大香(村里的姑娘)都不这样的。"晴嫂子的娘常来,她说大秋小时候跟人吵架,她用针扎得大秋嘴流血。大秋跟社会上的人有染,1983年"严打"时被抓走了。听说她出来后嫁了人。再后来就没听到她的消息了。

白色塑料凉鞋

奶奶说,村里最早穿白鞋的,是大队书记继承表叔的妹妹紫苏姑。她曾在农修厂当过临时工。她穿一双白色塑料凉鞋在村里走，引起一些人的腹诽。他们说，爹娘都在世，穿白鞋，真没规矩。

因姑嫂不和，紫苏姑家大闹过一场。一天傍晚，紫苏姑沿着一条没水的深沟，朝我家方向跑来，后面跟着继承表叔，他手里拿一根棍子，紫苏姑被追上了，棍子打到她的背上，她哭喊一声倒在地上。这件事让我印象深刻。

紫苏姑嫁到邻村后，性格大大咧咧，生活不拘小节，给人落下了"话把儿"，说他们夫妻共用一把牙刷。紫苏姑是她妈（我叫妗奶的）四十八岁时生的。妗奶八十多岁时，常拄着拐杖去紫苏姑家。紫苏姑蒸了包子、包了饺子，也给妗奶送来。村里人曾说，年纪大了莫生女，老生女指望不上，紫苏姑就指望上了。她比我大哥大两岁，有两个儿子，现在是有孙子的人了。

听我妈说，紫苏姑差点儿成了我大姐。那时我爸在部队，我妈还没孩子。一天，紫苏姑被妗奶用红布包了，送到我家，说给我妈养。妗奶说，紫苏姑虽小，但一顿能喝一大碗面疙瘩，他们养活不起了。我妈愿意养，她听说抱来的孩子押子。我爷爷重男轻女，自己的亲孙女尚不待见，何况人家的。在爷爷的坚持下，妈妈把紫苏姑还给了妗奶。

紫苏姑的嫂子继承表婶是中等个儿，能说会道，有领导夫人派头。她的皮肤微黑，鼻梁处有一些小的雀斑，国字脸，嘴角微微上翘，很耐看。平时她都面带笑容，和蔼可亲。我奶奶在村里年纪最大，大年三十晚上，继承表婶拿一网兜苹果来，跟我奶坐会儿。她闲聊时，常说一些婆媳矛盾的事儿，说着说着就掉下了眼泪。

我在村里上幼儿班时，继承表婶是老师。小黑板挂在她家后院的树上。表婶喜欢我，教我们认字时，爱让我站起来领大家念。她还让村里的小学生领着我们做操，教了我们一些儿歌。

后来，继承表婶当了供销社门市部的营业员，我去买水果糖，她总笑盈盈的。她家是第一批搬到新村的。继承表叔把大队的黑白电视机搬到他家，村里小孩都到他家院里看电视，我记得看的是菜青虫，还有小蝌蚪找妈妈。

20世纪80年代末，继承表叔在鸡冠山北面的半山腰开了石头场，在村后麦地边上建了煤场，他还买了外地一群羊，雇人放羊。她家人的衣服一直是村里最时尚的。

听说他们夫妻很恩爱，有人晚上去他家串门，看到继承表叔在给表婶洗内衣。继承表婶和老公伙穿一件冰丝衬衣。表婶得急病去世时才四十多岁。听说她去世后托梦给家人，要那件衬衣。继承表叔竟然没烧给她。

继承表婶娘家有三个漂亮妹妹，二妹在县城一所小学当校长，她五官精致，身材窈窕，性情温和，常穿一种像现在的 E. LAND 牌子的格子衬衣，显得高雅清纯。她的新衣服穿几次就给了三妹。格子衣服让我印象深刻，现在我也是个"格子控"，爱穿 E. LAND 品牌和小熊维尼牌子的衣服。

我常找继承表婶的小妹晓蝶玩，我们一起打扑克、做游戏。晓蝶爱念的一个顺口溜："小三妮，十三了，绿裙子，红裙子，打扮三番出门子，爹也哭，娘也哭，嫂子喜得拍屁股。"她没嫂子，只有三个姐姐。我有嫂子，但我还小，嫂子对我很亲。

我妈每天晚上吃一捧生花生补血，我跟妈一起睡，也吃花生。吃花生牙齿坏得快。妈妈牙疼，我小小年纪，大牙也蛀了个洞。一牙疼我就扯着嗓子哭，腮帮子肿老高。大嫂多次背着我去村里诊所打针吃药。牙疼不是病，疼起来要人命，我从小就体验了。

晓蝶给我出馊主意，说把开水倒尿罐里，用腾起来的水汽熏牙，就好了。不过我没试过。

有一次，两个扒牙虫的妇女来继承表婶家，给妗奶扒牙虫，妗奶让她孙女来叫我去她家。扒牙虫的妇女让我张开嘴，在里面捣鼓了一会儿说好了。我的牙果真没再疼过。一个月后，妈妈带着我去县医院，把两颗蛀牙拔了。现在我知道了，所谓扒牙虫，是用腐蚀牙神经的药，把病牙的神经杀死了，所以牙不疼了。

晓蝶还说，农历七月七日夜里，躲茄子棵或辣椒棵子下，能看到牛郎织女在鹊桥相会。我没试过。如果夜里躲茄子棵下，能不能看到牛郎织女不知道，肯定会被蚊子咬满身包。

大人爱称我们这些女孩"癫狂妮子"。他们让我们猜谜："卖菜的不拿扁担，是什么？"不用说，我们都知道，谜底是"掂筐"，谐音就是"癫狂"。我和晓蝶都是大人口中的"癫狂妮子"。

的确良衬衣

小哥当兵去后，妈妈让我穿小哥的膝盖上有补丁的破裤子去割草，我看到晓蝶穿着粉红色的确良衬衣在麦地边上玩，她什么也不用干。我心里憋屈，回家坐在灶屋里哭了好久。我没的确良衬衣,还让我割草,爸爸把我宠成"小娇妮儿",妈妈却让我变成了"割草妮儿",这落差怎让我不伤心呢?

爸爸笑着说我四体不勤,五谷不分,是个"寄生虫"。妈妈喜欢泼辣能干的女孩,像我这样的女孩,在我妈眼里是窝囊没用的。

奶奶看着我哭,轻轻叹一口气。她对我宽容又慈爱,常教导我说,女孩儿家要笑不露齿,坐有坐相,站有站相。她喜欢我拿着书看,显得文气。后来我想,奶奶是希望我将来过城里人一样的生活。她把希望寄托在学习上,常念叨让我好好念书。遗憾的是,奶奶活着时,我冥顽不化。我是在奶奶去世后才发奋读书的。

那次我哭过后,爸爸买了几块布料,让二嫂给我做了粉红色的确良衬衣、天蓝色的确良裤子,还有紫红色的纤维布外套。那时大哥分家了,二哥结婚了,小哥在部队里,爸爸缓一口气,给我做了新衣。

给我剪裁衣服的是一位胖阿姨。一天中午,我家来了几个爸爸的同事,有男有女,他们下乡调查,中午在我家吃的饭。胖阿姨说她有个女儿跟我同岁,个子跟我差不多高。我想她女儿大概穿得花枝招展,天真烂漫,无忧无虑。

这样一想，我觉得自己好委屈。

爸爸给我买的凉鞋总是紫褐色或八路军军装一样的灰色，不像我同学的凉鞋，红的、蓝的、绿的，很鲜艳。小孩喜欢靓丽色彩，买围脖时，我就选了嫩绿色。我的蜡笔盒里，玫红色的总是先用完。

对小孩子来说，衣服时尚得体，似乎能增加自信。我曾经活泼阳光，讨人喜欢，后来因爸妈负担重，对我有所忽略，我的性格变得敏感内向了。

粗茶淡饭　食而无肉

窝头杂粮

现在，人们为了粗细搭配，喜欢吃杂粮馒头，其实白面里掺很少杂粮。我小时候吃的纯杂粮馒头，比如玉米面馍、高粱面窝头、红薯面饼子，颜色黄、红、黑，吃起来苦、涩、黏，跟现在的杂粮馒头不一个味儿。

玉米面馍和高粱面窝头是发面做的，红薯面饼子是死面做的。玉米面被机器轧成粉条一样，面条轧出来就熟了，做卤面很好吃。有小孩去农修厂换面条，边走边吃，到家也吃饱了。

有一次过节，妈妈蒸一锅热气腾腾的白馒头，我很快吃完一个，又去拿放在高处的馍，不小心把一锅盖馍弄翻在地，妈妈过来我又羞又愧。

小孩最盼过年，可以天天吃白馍。我吃杂面馍没两年，就迎来了天天吃白馍的日子。没吃过杂面馍的孩子，被称作"富里生富里长"的一代。

有一年麦收时节，下连阴雨，麦子被水泡了，蒸出的馒头又黑又黏。家家煮麦子吃，煮的麦子嚼起来劲道，比黏馍还好吃些。

芝麻叶面条

暑假，村里孩子到地里打芝麻叶。芝麻开花节节高，芝麻封顶时，可以打芝麻叶。打中间几片叶，不影响芝麻生长。

芝麻叶打回来，放大锅焯水，捞到一个大盆里拔凉，然后用手抓一把，挤干水，团成团，码篮子里。第二天早上，扠到县城卖，一分钱一团。

橘子姐卖芝麻叶时怕碰到家住城里的老师，就拿本书，坐在离自己芝麻叶篮子不远的地方，佯装看书。

卖了芝麻叶，可以买油炸菜角、冰水吃。菜角五分钱一个,冰水一分钱一杯。花一毛钱可以买一碗热腾腾、油汪汪的馓子汤。

晓蝶和继承表叔的两个儿子都在县城读小学,他们清早上学时,各人扛一筐芝麻叶,卖完了去上学。他家从小培养孩子勤俭吃苦。我爸下班买芹菜、葱头背回来,继承表叔见了说:"三哥,买啥菜啊,地里都是菜了。"

家里每年晒芝麻叶,留着冬天下面条吃。芝麻叶面条放醋更好吃。大人吃面时,把干辣椒掰碎放碗里调味。

野菜也当粮

小时候,麦地里野菜多,一墩一墩的,荠菜、面条菜、毛妮菜,放开水里焯一下,挤干水分,加盐、陈醋和辣椒油凉拌,很好吃,也可以下面条吃。下面条的菜叫"菜叶子"。嫩牛舌头草的叶子跟菠菜叶很像,但味酸。妈妈说她怀我时没菜下面,掐一把牛舌头草当"菜叶子"。

春天,我去麦地里挖荠荠菜,挎一个爸爸买苹果带回的小筐,我叫它"毛蛋筐"。平时我挖野菜只盖住筐底。一天下午,住在邻村的妗子到地里挖荠荠菜,他们庄跟我们庄挨地边儿。妗子弯着腰,风风火火挖荠荠菜,让我惊喜的是，她把一大把菜塞到我的小筐里，我的毛蛋筐瞬间被塞满了，回家妈妈夸了我，我没好意思说是妗子给的菜。

麦地里，野辣菜长得像油菜，叶子没油菜光滑。这种菜有点苦，焯水后炒着吃，它白色的根也可以吃，吃着面面的，后味儿有点儿甜。野菜大都有清热解毒、杀菌抗炎的功效，是天然良药。嫩七七芽的叶周围长小刺，锯齿一样，用手揉搓一下，刺就掉了，凉调微苦，营养丰富。七七芽能止血，割草割伤了手，用七七芽揉碎了敷患处，立马止血。土也能止血，对农村人来说，泥土也是药。

蒲公英、车前草解毒利尿。藿香叶切碎了烙饼吃治肚子疼。蟾蜍草切碎了烙饼吃，治咳嗽。烧大蒜吃了治拉肚子。以前，村里人很少去医院，大都用土法治小病。马齿苋玉米地里最多，凉拌味酸，晒干了蒸包子好吃。马齿苋有解毒消肿消炎的功效。每年吃一些野菜，相当于给身体排一次毒。

新发的嫩扫帚苗叶子细长，拌了面做蒸菜，软糯鲜香。扫帚苗能长一米多高，发一大蓬。三几棵绑一起，当扫帚，扫院子用，所以叫扫帚苗。

初夏我们常吃苋菜，掐苋菜时留一截茎，过几天又发多个新茎，不掐很快就长老了。苋菜、灰灰菜跟面条一起煮熟，凉水里拔凉，捞碗里调上蒜汁，很好吃。

我家菜园种的苋菜有红（赤）苋菜、白苋菜。红苋菜煮的水是红色的。白苋菜叶子碧绿。房前屋后或田埂上，还有一种野苋菜，跟白苋菜像，但叶子纹路粗，嫩时也能吃。

还有一种带刺的苋菜，叫狼苋菜，据说是狼吃苋菜子拉屎，长出的苋菜，有点望文生义，牵强附会。

《本草纲目》记载："苋并三月撒种。六月以后不堪食。老则抽穗如人长，开细花成穗。穗中细子，扁而光黑，与青葙子、鸡冠子无别，九月收之。"白苋菜补气除热，通九窍。赤苋菜可以治痢疾。

我上大学后，年过花甲的妈妈常跟伯母去麦地里薅老辣菜，辣菜籽跟油菜籽一样可以榨油，妈妈用辣菜籽榨了十多斤油。妈妈用荠荠菜、辣菜等野菜包饺子、蒸菜卷，爸爸吃多了野菜，高血压病减轻很多。

地里的野菜，我能认识百分之九十以上。童年在田野里撒欢的情景，仿佛就在昨日，栩栩如生。

烧毛豆　燎麦穗

小学生没作业。毛豆、麦子快熟时，放了学我把书包往屋里一扔，跟妈妈说去看豆地或麦地了，就一溜烟跑出去。那时的孩子每天在村里、地里野。

春天燎麦穗吃。麦子灌满浆，麦粒还没硬时，燎麦子最好吃。掐一把麦穗，麦秆留一尺长，穗头处扎好，拿着麦秆在火里燎穗头，边燎边换角度，免得烤焦。闻到麦香后，把麦穗在手掌揉搓，揉出柔韧喷香的麦粒，吹去麦糠，太好吃了。

秋天烧毛豆吃。地里拔一些毛豆，用干草棍点着了，连豆秆一起烧，熟了用小棍在冒着火星的灰里扒豆子吃。烧的豆比煮的豆好吃。难怪现在大家都喜欢吃烧烤。

豌豆角

小时候，我觉得豌豆真好：嫩豆苗和花可以生吃，豆角只有两片皮没长出豆籽时，把豆角整个塞嘴里吃，脆生生的，一股清甜，豆角老时才把皮扔掉。一片豌豆地，让我们兴奋几个月。

偷豌豆角是农村孩子都干过的"坏事"。一年夏天,村里小孩发现干渠对面,有石头庄的豌豆地,就预谋着去偷豌豆角。大家先在干渠边上玩,太阳快落山时,蹚过干渠浅浅的水,直奔豌豆地。进去后,大家迅速蹲下,边吃边往衣服里塞。汗衫塞短裤里,豌豆角从领口塞进汗衫,不一会儿,汗衫就鼓起来了。大家开开心心地回家,边走边吃。小孩偷吃庄稼,有的大人不管,我父母十分反对。快到家时,我把没吃完的豌豆角给了别人,怕被妈妈发现。

去学校的路上,有张庄的豌豆地。一天早上,我和几个学生摘豌豆角时,豆地的主人来了,是个二十多岁的小伙子,他凶狠地向我们追来,我拼命往学校跑,从学校西北面女厕所的土墙处翻了进去,跑到教室,脸色苍白,瑟瑟发抖。上课铃响,语文老师秦老头子进来了,班长喊"起立""坐下",我脸色苍白,动作僵硬,一副魂不守舍的样子。令我诧异的是,那天,一向横眉凶眼的秦老头子态度却和蔼可亲。接着他开始念语文测验成绩,我得了91分,是班里的最高分,难怪那天他看我的表情像春风一样和煦。我们的小学校在张庄,张庄每年都要损失一些豌豆角、红薯、洋葱头等。

前不久，我特意写了一首诗《豌豆》：

豌豆苗儿青/豌豆花儿红/豌豆逗引着乡下孩子/胃里的馋虫

长大后知道了/豌豆上的公主/在童话里/做着轻暖的梦/有人想做铜豌豆/蒸不熟煮不烂/捶不弯砸不扁

豆粒圆圆/诱我走向童年/仿佛我也成了一颗豌豆/躺在故乡的豆荚里/窝在母亲的子宫里/坐在父亲的掌心里

野草野花

儿时的田野像一本百草图。我知道拉拉秧、灯笼草、苜蓿、泥胡菜是猪爱吃的，猪草打回来，在木板上切碎了，用刷锅水拌上麸子或豆料，就是猪食了。

牛羊吃百样草。"老驴拽"牛最爱吃，这种草老了非常结实，用手难以扯断。牛吃草时，头左右轻摇，嘴唇贴地，一下一下扯咬，咀嚼。牛的胃口大，吃草时先囫囵吞下，卧下休息时，再慢慢倒沫（反刍）。

稗子草、狗尾巴草、葛八草牛羊都爱吃。羊还吃各种树叶，吃苦楝树结的楝豆。

稗子草的籽捋下来，放到一张纸上，嘴凑近了说"鸭噜噜噜"，稗子草籽在嘴里的气流推动下，轻轻移动，像一群小鸭子在慢慢走。这是我们常玩的游戏。

狗尾巴草路边、田埂边上到处都是，它嫩时可以喂猪、喂牛羊，老了穗子像狗尾巴一样毛茸茸的，我扯下一把，编毛毛狗玩。

葛八草匍匐在地上，耐践踏，生长快，细而结实的秧满地爬。奶奶小时候教我念顺口溜："葛八草，卜楞楞，唱个戏，狗娃听。"葛八草铺在地上，像茵茵的地毯，坐在上面玩耍，又舒服又赏心悦目。现在城里的草坪上，也多种这种葛八草。

能吃的野草很多，酸不溜嚼起来酸酸的，让人流口水。苜蓿可以做蒸菜。泥胡菜在我们那儿是猪草，在宁波，人们用它做糍粑，加一些糖遮苦……

田野是个大花园，金黄的油菜花、红黄色的玉米缨子、红艳艳的高粱穗子，给田野增添不少美。田埂上，勾儿秧花、牵牛花开着单薄的喇叭形粉紫色花，也有一番野趣。

蓝天白云下，田野一望无际，那里是我的乐园，我与泥土、庄稼、野草、野花一起快乐成长。

那些天真无邪、无忧无虑的日子，让我无比怀念。

茅线　山里红

村南有座小山，叫鸡冠山。春天，妈妈去山脚下的地里干活，回来给我挖几个"萝卜爪"或抽一小把茅线（茅芽）。"萝卜爪"学名我弄不清，它土黄色，有小孩半个小拇指大，剥开皮儿，肉白有甜味。它的棵子像荠荠菜一样小小的，叶子背面有白色的绒毛，根不深，小棍一掘就拔出了。

山上还有一种绵枣，长在土里。叶子像蒜黄，细长光滑柔软，挖小半尺才挖出它的果实——一个小圆疙瘩，不能直接吃，麻嘴，有小毒，要熬制。每年阴历三月二十八，县城都搭戏台唱戏，台下有西山里来的人，挑着担子卖绵枣。熬制过的绵枣呈咖啡色，晶莹剔透，吃起来软软糯糯，甜中微苦，五分钱一小勺，用一小片玉米叶包着，用竹签扎着吃。我去看戏，每天都会买一份绵枣吃。

"三月三，茅芽尖"。茅芽（茅线）即茅草出叶前长出的部分，剥开外面几层薄叶，吃里面白嫩的絮，味道甘甜。村里孩子爱唱"吃茅线，屙套子（棉花）"。但我们吃了很多茅线，却没屙出套子。茅芽老了时，里面的絮白绒绒的，随风摇摆着，跟芦苇的花有点像，但比茅草比芦苇矮小，茅草花也比芦苇花小很多。山坡上、堤坝边，到处有茅草。

农修厂一群小孩在兴高采烈地抽茅线，一个小妞把茅线首尾连接成一个圈，举着兴奋地喊："谁吃小屎圈。"他们一个个脸蛋儿白净，穿着买的成衣，高兴起来，也跟乡下的孩子一样忘情。

夏天，我们去山坡上采山里红。山里红是野山楂，味道酸甜，比山楂小，肉少，它的棵子是一尺多高的灌木，长在石多土少的贫瘠的陡坡上。显眼的红果子早被放牧牛羊的孩子吃了。我发现长在陡峭石头旁的一株山里红，红果累累。我小心翼翼攀过去采，不料那里有个马蜂窝，我的手臂被马蜂蜇了几个包，又痒又疼。我随手采了一些黄蒿叶，揉碎了搽红肿处，下山时红肿的包基本上都消了，也不疼了。后来我百度查了一下，这种黄蒿，其实就是诺贝尔奖获得者屠呦呦提取青蒿素的青蒿，它的神奇药效，我小时候就体验过了。村里人爱用这种黄蒿焐酱豆。

采山里红，多半不是为了吃，而是为了好玩。我们每人采了一兜山里红，青的红的都有，回家用针线串起来，像佛珠一样挂脖子上玩。

馓子汤　菜角　水煎包

我们村离县城三里路，村后有宽敞的柏油路。小孩喜欢去城里赶集。县城十字街口有卖馓子汤、烧鸡、冰水的。馓子汤我喝过一次，油炸馓子放水里煮发了，盛碗里，浇两勺汤，放上葱花香菜，香味扑鼻。

馓子汤馆北面十字街口，有卖冰水的人，坐在一个小凳上，他面前的盆里有冰水和杯子，一分钱一杯。爸爸常说，一分钱难倒英雄汉，没一分钱，连杯冰水也喝不上。

十字街的西南角有家卖烧鸡的，每次上街，看到黄澄澄、油光光的烧鸡，我都展开丰富的想象，烧鸡什么味儿呢？卖烧鸡的人圆脸，稍胖，有人说他姓毛，是毛主席的亲戚。大概只有毛主席的亲戚才配吃烧鸡。我感觉每次看到的烧鸡都一样，不知他卖出去过没有。

我一到夏天就厌食、消化不良，爸爸带我去城关医院看病，医生常开一种泻药，把肠胃清空。生病的好处是，爸爸给我买油炸菜角吃。卖菜角的在十字街口西北角。旁边是卖西瓜的摊子。爸爸给我买了一块西瓜，我蹲在瓜摊前的水沟边，细细品着西瓜清甜的汁水，旁边等着一个捡西瓜皮的男孩子,脸上脏兮兮的,他面前一个旧脸盆,不知他是城里孩子还是乡下孩子。

那时,"一头沉"的市民家的生活水平,比农民好不了多少。双职工家庭就好很多。我同学紫荆的爸在县城关医院当医生,她妈没工作,常往家拉回一包一包的花生,剥花生皮挣钱。紫荆放学回家也帮忙剥花生皮。后来她爸的同学当了县长,提拔她爸当了医院副院长,她妈也被安排到医院当了药剂师。她家生活条件一下子提高很多,上学时,她书包里常有一个咸鸭蛋,看得我眼馋。有一年回老家,我在县城见过紫荆,她在县妇幼保健院工作。她说原来那位县长的儿子,本在农业局下属单位上班,单位减员分流后,他成了菜市场卖菜的小贩。紫荆的哥哥弟弟,则学习好,大学毕业后都在大城市上班。

卖水煎包子的摊子,老远飘着诱人的香。有一次,大嫂带我和侄儿赶集,买了两个水煎包,侄儿一个,我一个,咬一口,香得想流泪。在那个食而无肉的年代,水煎包的香味让我一生难忘。后来再买水煎包吃,却品不出那种香了。

大年初一上午,我们得了压岁钱,去县城电影院、戏院看电影、看戏。影院、戏院门前,有卖五香瓜子、甘蔗的。瓜子五分钱一包，吃时连皮一起放嘴里嚼。吃完瓜子，再来一截甘蔗解渴。县城在我们眼里繁华无比。"六一"儿童节，我去电影院免费看了一场电影《悲惨世界》。近水楼台先得月，城边上的孩子比离城远的乡下孩子看的电影、看电视自然会多一些。

猪大肠　鸡肉

一年到头，家里难得开几回荤。爸爸买一挂猪大肠回来，让我们幸福几天。妈妈煮熟了肠子，切一截肠子让我拿着吃，咬一口，满嘴油。大肠比肉香。肠子汤里放大白菜，浇点醋，香而不腻。

家里炒菜的猪油是爸爸买猪板油炼制的，油渣配上焯过水的萝卜叶蒸包子吃，特别香。这一点点的油水，滋润着我们常年的清肠寡肚，所以特别难忘。现在猪板油少有人吃了，嫌其脂肪含量高。

鸡肉一年才吃一两回，家养的土鸡，味道醇香。通常一个鸡大腿给奶奶吃，奶奶吃不完，分我一点。鸡胃里的皮，晒干了烙馍给我吃，消食气。

《曼哈顿的中国女人》一书的作者周励说，她20世纪80年代中期到美国时，觉得美国的鸡肉味同嚼蜡，回上海喝鸡汤感到特幸福。那时中国的鸡还是家养的土鸡，鸡吃青草、麦麸、虫子、草籽等。现在市场上卖的鸡大都是速成的。鸡吃饲料，长膘快，鸡肉味道差很多。真正的土鸡很贵，也难买到。乡下清新的空气、有机的农产品，是我小时候司空见惯的事物，如今都成了"奢侈品"。

百宝箱　老杏树

奶奶的床头有个落地大木箱，一米五高，一米二长，一米宽，四个腿和箱面上雕有花纹，是奶奶的嫁妆。奶奶的箱子里有冰糖、麦芽麻糖、咸鸭蛋，小时候，木箱对我就是个百宝箱。妈妈赶集不带我，我哭得伤心，奶奶就从箱子里拿出一大块冰糖或者麦芽糖，用小锤敲下来一块给我吃。那种甜丝丝的味道，足以宽慰我委屈的心。

奶奶一直住在我家，大伯为了表达他的孝心，常会给奶奶送来一筐咸鸭蛋或一大块冰糖、麦芽糖孝敬奶奶。奶奶的好东西大部分都进了我的肚子。

爸爸也给奶奶零花钱。有一次，我对小朋友炫耀说，我奶奶有钱，还把人领家里看。奶奶没让我失望，果然拿出二十元钱。

夏天村里偶尔会来卖冰棍的，奶奶吃了冰棍，爱把吃剩的一小块冰，在她的瘦胳膊上擦，凉凉的感觉让奶奶开心，笑时露出嘴里仅剩的两颗门牙。别小看这两颗门牙，有了它们，奶奶吃东西嘴就不瘪。不像大姑的婆婆，满口没牙，吃东西时，嘴一包一包的。

走亲戚

我常跟奶奶去姑姑家走亲戚，走亲戚可以吃好的。二姑做的馒头又白又劲道。我妈做馒头太敷衍，面开了随便揉几下，就剁成了馍季子。二姑揉面要反复用力揉搓，蒸出的馒头一层一层的。二姑家后面有条小河，河水清浅，我跟表妹去河边放羊，渴了就去玉米地里，摘她家与玉米混种的甜瓜吃。

我跟着奶奶在二姑家住十多天，又去大姑家住十多天。大姑的村子前也有一条河，河水有的地方浅，有的地方较深。我跟表妹一起放羊，在河滩上玩耍。有时也去他们村里磨小磨油的店里，用馍蘸芝麻酱吃。

夏天我跟妈去姥姥村看电影，表姐拉我住下。表姐喜欢我，一看到我就捧着脸亲。在姥姥家住，舅舅种的脆瓜、桃子、梨子被我吃了不少。每逢过节去姥姥家，妗子不是给我做荷包蛋，就是杀鸡给我吃。

大嫂元旦结婚，腊月二十八生下了大侄儿，家里没待客，也不让告诉亲戚。过了年，我和二哥、小哥一起去姥姥家拜年，姥姥问我嫂子咋没来？我忘了妈妈的叮嘱实话实说了，结果却被小哥狠狠瞪了一眼。我一赌气躲到姥姥家的羊圈里，饭也不肯吃了。姥姥好言劝我，还给了我一块钱的压岁钱。回去的时候，二哥和小哥争着背我回家，我的压岁钱也被他们要走了。

姥姥很亲，可有一次，前院的疯子姑却告诉我，姥姥是我妈的婶子，我不信，因为我听到妈妈叫姥姥"娘"。我问妈妈，妈妈说姥姥是她四婶，她小时候叫"花娘"，年纪大了就叫"娘"了。但我觉得，姥姥就是我的亲姥姥。

大年初二是给舅姥拜年，初三才去姥姥家。舅姥（舅公）和妗姥（舅婆）是村里的五保户，他们唯一的儿子是八路军战士，牺牲了，他们是烈属。逢年过节，大队给他家送很多慰问品。我去舅姥家，苹果、鸭肉、菱角等可以随便吃。临走，舅姥给我一个大葫芦瓢，装着满满的红薯淀粉，让我带回家给妈妈做凉粉。舅姥是妈妈的二舅，我的亲姥只生了我妈一个女儿，舅姥没孩子，他待我妈像亲女一样。我大哥结婚时，舅姥和妗姥来我家吃席，老两口精气神很足。后来舅姥去世了，剩下妗姥一人，跟一个远房侄儿一家生活。

走亲戚我认识了不少人，两位姑姑村里、姥姥村里的小朋友，我都很熟，大家在一起玩耍嬉戏。他们会玩的和我们村孩子会玩的游戏，我都会。

豆瓣酱

每年夏天，妈妈都会晒几盆豆瓣酱，作为佐餐的小菜。做豆瓣酱先要把黄豆煮熟凉凉，再用黄蒿焐起来发酵。席子铺在屋里地上，上面铺一层黄蒿，黄蒿上铺一层煮好拌了面粉的黄豆，黄豆上再盖一层黄蒿，焐一段时间，豆子染了黄绿色，长了毛，就可以晒酱豆了。烧几盆花椒盐水凉凉，把发酵好的豆子放水里，把白纱布绑盆子口上，端到毒太阳下暴晒。每天用筷子把酱豆搅拌几次，便于豆瓣酱均匀接受太阳的炙烤。经过无数次搅拌和炙烤，豆瓣酱脱去水分，变得黏稠，透出一股诱人的酱香，就可以吃了。豆瓣酱做两三盆，够吃一年了。

家里常用切碎的青辣椒炒豆瓣酱，酱香、油香、辣香混在一起，配馒头吃，想起来都流口水。妈妈也会用陶罐焖豆腐乳。其他咸菜妈妈就不会做了。

门市部里卖八宝菜、榨菜丝、酱大头菜、辣椒酱、糖醋蒜。我跟爸爸要一毛钱，买一块大头菜，吃馒头时咬一点，然后放橱柜里藏着，一块大头菜吃好几天，感觉很幸福。上高中时，我常买榨菜、辣椒酱就馒头吃，把咸菜吃腻了，至今都不吃咸菜。不过豆瓣酱、豆腐乳我还喜欢吃，因为妈妈的味道是吃不厌的。

平常，家里吃的菜都是素菜，奶奶会用豆子发豆芽，黄豆芽、绿豆芽都有。奶奶炒好了菜，分别盛在七个小碟子里，家里有九口人（奶奶、爸爸、妈妈、大哥、大嫂、二哥、小哥、我、侄儿、侄女），侄儿、侄女跟大嫂吃一碟菜，其余六人一人一碟豆芽菜。

春天，我还吃过洋槐树芽儿炒的菜。新村南边的山坡上，有一人多高的洋槐树林，春天，掐槐芽儿炒菜就米饭，味道清淡，跟炒油菜味道相似。洋槐花开了，可以做蒸菜、包饺子、晒干菜。树枝冬天被村里人伐了当柴烧，春天又长出来,林子的树就一直长不大。夏天,我们到树林里寻干灰包,一种药材,里面的灰敷伤口上,可以杀菌消炎、愈合伤口。

柴火锅

农村出身的人,在城市里待久了,常怀念农村柴火锅做的饭菜,有一种独特的香。小时候,家里常用的柴火有麦秸、玉米秆、玉米芯、芝麻秆、棉花棵子(花柴)等。麦秸火大而虚,后劲不足,常用来引火、爆炒青菜。熬玉米渣、蒸馒头时要烧玉米秆、玉米芯。过年时准备一些木头,用斧头劈了当柴火,用来蒸过年的馒头,以及煮肉、出油锅。

爸爸买了锯末烧锅,在锅灶后面堆一大堆,烧的时候,用木铲子铲了锯末放到灶洞里。烧锯末要拉风箱,红红的火苗从锯末里窜出,随着风箱的拉动,火苗一窜一窜的。我总是抢着烧锅拉风箱,有一次锯末火星溅到我左手脖子上,我故意忍着疼,让火星把一小块皮肉烧焦,愈合后长出一个圆的白点。我觉得好玩,又在右手脖上烧出一个白点。

秋天，我家老屋前后的树林里，有满地落叶和小树枝，妈妈用耙子搂成一堆当柴火。高粱、玉米、芝麻、棉花、麦子收割后，留在地里的根，犁地时翻出来，砸掉上面的土坷垃，晒干了也是不错的柴火。小哥捡这些柴火，半天能堆一大堆。

搬到新村后，麦秸垛在院子里，妈妈叫我拽麦秸引火。麦秸垛压得实，不好拽。我轻飘飘地一根一根拽着麦秸，同院的耕田表婶看了忍不住笑了，说看你拽到天黑够做一顿饭不。她是个能干麻利的人，她家的女儿椿妮长得壮实，有力气，做事也麻利，经常还要因为活儿没干好挨父母的打，如果我生在她家，挨打会更多。我不爱吃饭，瘦得很，没力气，端一瓢水都东倒西歪。耕田表婶看我干活的样子都觉得好笑。

柴火锅蒸米饭时，锅巴有时少，有时多，好的锅巴像锅盔一样，整个从锅里取出来。奶奶烧锅总会有一个金黄焦脆的圆形锅巴，比现在超市里卖的锅巴还好吃。我不爱吃饭，喜欢吃锅巴。蒸馒头时，挨着锅边的部分形成类似锅巴的馍戈焦，半寸厚，吃起来脆香。烧锅的人要经验丰富，才能烧出好锅巴。小孩多的家庭，抢锅巴打架是常有的事。

饭做好后,把红薯放红光闪烁的灶灰里,慢慢烤熟,这样烤熟的红薯比蒸红薯好吃。嫩玉米棒叉到铁火棍上,埋进热灶灰里焐一会儿,再在灰里来回抽动玉米棒,玉米被灼得噗噗响,等到响声不再时,玉米就熟了。烧玉米棒焦香,比煮的好吃。

红薯秧子挂在猪圈院墙上,玉米秆斜靠着猪圈院墙,鸡从猪圈院墙上跳上洋槐树,夜里就在树枝上睡觉。这是我小时候印象很深的一个场景。

我还在灰里烧过小鸡。从灰里扒出烧黑的小鸡,撕下皮吃肉,内脏直接扔掉。虽没盐和调料,也很香。

粉条在火上燎一下会膨胀,像膨化食品。玉米粒、豆子也可以埋热灰里,烧熟了吃。玉米粒和豆子烧熟了,会砰的一声从灰里弹出。

这些自制零食的味道,让我一辈子难忘。

热灰还有一个妙用——粘凉鞋。塑料凉鞋的攀儿断了,剪一块旧鞋上的塑料,用烧热的铁火棍,把塑料皮一面烧化一些,粘到断的地方,打个补丁。那时的孩子,凉鞋上都有这样的补丁。

冬天烧锅可以取暖,吃饭时,我喜欢坐灶火门边上。有灰也不怕,农村孩子整天与泥土打交道,不嫌灰脏。

烧锅产生的草木灰，倒粪池里沤粪，也可直接上到地里当肥料。这种有机肥种出来的粮食和蔬菜，比上化肥种出来的好吃。

现在，农村人做饭很少烧柴火了，液化气、电饭煲、电磁炉做饭更方便。只有过年过节，或来客人时，才烧柴火锅。一些农民懒得把柴火往家运，直接点火在地里烧了当肥料。但燃烧秸秆产生的烟，对过往的飞机有影响，是被禁止的。

吃肉食儿

在老家农村，赴宴席被称作是"吃肉食儿"。农村人讲究仪式感，娶媳妇、生孩子、亲人去世等，都要待客。院里临时垒个大锅台，把过年时村里杀猪用的大锅放上，就煎炸蒸煮，忙活开来。

摞得很高的笼屉里，摆满了一小碗、一小碗的条子肉，蒸上一天一夜，条子肉的油水漂浮在大锅的水面上，猪油很厚，把油用勺子舀到盆里，能装两大盆，够一年炒菜用了。

那时农村待客，条子肉必不可少。每个扁平的小黑碗里，整齐地码十片肥而不腻的条子肉。油吃起来软糯，不腻人。一上桌，大人一人挑一片，颤巍巍送到口里，一脸的陶醉。

妈妈喜欢吃条子肉，用筷子叼一块放嘴里嚼着，没有一点恶心的样子。条子肉里有少许瘦肉，妈妈咬去肥肉，把瘦肉给我吃，汲了浓稠肉汁的瘦肉，特别好吃。

邻家喜鹊婶结婚那天，我在村里的公共厕所碰到喜鹊婶的娘家弟媳，她是村子对面农修厂子弟小学的老师。我们那儿的规矩是，姑娘出嫁时，娘家人不参加婚礼。喜鹊婶的弟媳饶有兴趣地问我们婚礼的情景，我绘声绘色地给她描述了一番。她微笑着，似乎很开心。

听说喜鹊婶自幼丧母，为帮父亲照顾几个弟弟，直到三十岁成了老姑娘，才嫁给从部队转业回来的来运表叔。喜鹊婶个儿不高，圆脸微胖，嘴巴有点尖。我掀开新房的花布门帘，看到她一副害羞贤惠的样子，笑眯眯地坐在新房的床沿上。村里的爱耍闹的媳妇没来疯闹。因为来运表叔的大嫂交代过，新娘子已怀孕，不能跟她闹。

我对吃肉食印象较深的是喝酒。小时候，爸爸每晚喝一杯小酒，酒杯是能装一两酒的玻璃杯。我有时也偷喝一点爸爸的酒。吃肉食时，同桌的几个大人知道我能喝酒，就哄我喝。我一盅接一盅喝，居然喝了五十多小盅，有一两酒。我感觉头有点晕，走路都不稳了。妈妈坐在旁边桌上，看我喝晕了，有些不悦。回家后，妈妈说，喝酒伤脑子，影响学习。从那以后，我就戒酒了。直到现在，我都不喝酒。

二十多桌的宴席上，矮脚的四方桌是从村里各家借来的。宴席结束后，要把借来的碗筷桌凳原路送还。这是小孩子乐意干的事。

我家亲戚多，姑家表哥结婚、生孩子，我都跟着大人去"吃肉食"。不仅为吃，还为看热闹。

有一年夏天，二姑的儿子结婚，这位表哥五岁上学，年年考班里第一名，高考却连连受挫，死活考不上。最终他放弃高考，当了民办老师。由于学习好，表哥在乡下颇受姑娘们青睐，娶到了一位又白又高的漂亮媳妇。这位表嫂有两条大辫子，辫子在她高挑的身后甩来甩去，显得很有韵味。

酒席上肉菜不多，炒柿子椒却有好几盘，小孩看着盘里呆头呆脑的柿子椒，不感兴趣。二堂嫂好口福，吃得又快又多，几盘柿子椒都进了她的大肚子。饭后，姑家表妹带我们去她家瓜地吃瓜。嫂子们专挑大个儿的瓜摘，一会儿就把地里大瓜摘光了，有的瓜瓤子苦。她们又去地边水池里洗瓜瓢，吃一半扔一半，糟蹋了一地。表妹给我摘了一个"落花甜"，不大，却很甜。表妹悄悄告诉我，嫂子们洗瓜的池子，是以前盛大粪的池子。小孩子们把瓜地边上深红的朝天椒拦腰折断，像举着一朵花一样拿着玩。摘姑家池塘里的莲花时，姑姑的瘪嘴婆婆略显不悦。她用眼睛看看我，似乎想说什么，又什么也没说，让我的破坏欲顿时减去了不少。

大堂嫂的弟弟生孩子。接到信儿后，大堂嫂扤了一大竹筐脏衣服，到村北的大塘里洗，我和堂侄、堂侄女跟着去玩。堂嫂边洗衣服，边把洗好的衣服摊在草地上晒。

我和堂侄儿光着脚在浅水的淤泥里摸扇贝，拳头大的扇贝捞上来，我们只觉得好玩，并不知道这东西好吃，平时大人都用扇贝肉喂鸭子。

这个大塘四四方方的，据说是"文革"时住在附近"五七干校"的人挖的，大塘西边有干校的菜地。我小时候经常来这里玩耍、割草、摸小鱼，为此我还写过一首诗《方塘》：

童年，村北有个半亩方塘/采藕时节，方塘热闹如打麦场/年轻的堂哥堂嫂/忙着挖藕捉鱼/忘了家里熟睡的儿郎/情急的伯父砸掉门环/抱出啼哭的乖孙/一脸幸福慈祥

方塘边，牧鸭的孩子/留下烧毛豆的黑坑/塘边洗衣的姐姐/想起未来夫婿/脸蛋飞了红

如今，干涸的方塘/没了云影天光/它的碧波依然在/游子心中荡漾

要去吃肉食了，我心里别提多高兴了，感觉远处夕阳下的老乐山烟雾迷蒙的，仙境一般。我们一边玩一边唱儿歌："你也扭，我也扭，中间加个言字口；你也长，我也长，中间加个马儿郎；心字底，月字旁，拿个丁钩挂衣裳；山上出日头，日头撑月亮。"这其实是一个字谜，就是现在陕西的"Biángbiáng 面"的 Biáng 字。当然，那时我没吃过这种叫"裤带面"的面条。

大堂嫂绑好架子车，上面放一袋面、一筐鸡蛋、几块花布。架子车尾部绑个长条凳。堂嫂的三个孩子都坐在车上了。我眼巴巴瞅着，奶奶说，让我也坐堂嫂的车去。我欢天喜地上了车。

堂嫂的娘家在县城西边，一路上，我看着从未见过的

景致，心情特别好。到堂嫂的娘家时，她的大妹正担着空水桶出门挑水，我跟上她，边走边拽她空桶上的铁链玩。她带我到村北头她姑家，麦芫子里放了一层梨。我吃了一个又大又甜的梨子，印象十分深刻。

正式开席时，妈妈和大嫂，还有大伯母、堂哥、堂姐都来了，奶奶也来了。回去时，一大群人浩浩荡荡，有说有笑。奶奶坐在大嫂拉的架子车上，车上还坐着我的大侄儿和侄女。小时候，遇上这种热闹场合，我感觉像过年一样幸福。

我的童年，是食而无肉的年代。大嫂生侄儿时，因赶在年根，没办酒席。大侄儿是腊月二十八出生的，那天晚上，爸爸抱着我，坐在奶奶房间的煤火炉旁，平时他喜欢念儿歌逗我玩，但那天晚上，他显得心不在焉。随着隔壁房间传来侄儿落地后响亮的哭声，爸爸终于开心地笑了。

我去找二萍姐玩，二萍姐的妈花大娘问我，你侄儿叫啥名，我顺嘴说叫"永军"，因为我常听人家说拥军爱民，侄儿是永字辈，我就自作主张给他取了"永军"的名。几天后才知道，爸爸给侄儿取的名是"永国"。二萍姐家的人开始几天都以为侄儿叫永军。

大嫂怀侄女时，肚子大得像扣个锅，她在村里打面房打面，每天傍晚回到家，坐在院里的矮凳上，艰难地岔开两腿，用温水泡肿胀的脚。听大人说，侄女过了月仍没出生的迹象。前院有个小男孩比侄女早刚出生几天，我在二萍姐家玩时，听到婴儿哇哇哭，花大娘逗我说，是不是我大嫂生了。我屁颠屁颠跑回家一看，大嫂在擀面呢，是前院的小娃哭。侄女老也不出生，我就多次被大人哄骗一趟趟跑回家看。

侄女出生时，因是二胎，不办酒席，亲戚带着礼物来看望，妈妈就杀一只鸡待客。客人一波波来，家里就隔三岔五吃鸡肉。

侄女的大妗子"马咋子"来时，侄女正熟睡。她大妗子夸小妞长得好，话音刚落，睡梦中的侄女放了个响屁，大妗子吃了一惊，笑着说，嗨呀，这么小的孩儿，放这么响的屁！

奶奶是我长到十岁送走的第一位亲人，奶奶去世时82岁，她已经四世同堂。奶奶是看着我咽下最后一口气的，说明我跟奶奶很有缘。因为几十年后，我的爸妈去世的时刻，最后一眼看到的都是我大哥，我恰好都没在跟前。奶奶生前很疼爱我。奶奶去世时，我还不怎么懂事，也不怎么伤心，只记得当时家里请人做的酒席特丰盛，炒的瘦肉一盆子一盆子的。我现在明白了，生老病死是人之常情，有亲人陪伴的时光，才是最珍贵的时光！

现在的孩子，十二三岁个子就超过大人了。他们小小年纪见多识广，上下五千年的历史故事知道很多，琴棋书画、国学经典都有良师指导。对他们来说，吃已没什么诱惑力，家长总是想方设法让他们多吃，吃好。自然他们不会像我们小时候一样，对食物的记忆那么刻骨铭心。

广厦万间　一隅安身

我一出生，爸爸就开始盖新房，我跟着爸妈住过四次新房。

我家老屋

在农村，娶媳妇先盖房。爸爸三个儿子，他一生节衣缩食，攒钱盖房。都说现在的人是房奴、孩奴，爸妈一辈子也是房奴、孩奴。

童年记忆里的老屋，是爸爸盖的第一座房。老屋四间，土坯墙，瓦屋檐，是我出生不久后盖的。妈妈说盖房子时，我刚出生几个月。房子一盖好，墙和地面没干，一家人就搬进去住了。粘在墙面上的麦子壳，有现在墙纸的效果。

房屋最东边一间是厨房，单独开门。另三间中间是堂屋，相当于客厅，东西屋是卧室。我和爸妈住西屋，东屋奶奶与小哥的床靠北墙，大哥和二哥的床靠南墙。东屋的中间位置，有一个泥糊的四方形的煤火炉。

冬天，家里人在煤火炉上做饭。做饭要先捅煤火炉。用铁火棍在干了的煤饼中间捅几下，把煤饼捅烂，从出灰口把煤灰掏出，再把捅烂的小块煤饼放煤炉里，火苗上来了，就可以做饭了。给锅里添水要用葫芦瓢从厨房水缸里舀了端来。

一家人围坐在煤火炉边吃饭，热热乎乎。吃完饭封煤火炉。墙角里有一堆煤，旁边有铁锹，封煤炉的湿煤要现和，和煤时，铲两铲煤围个圈，里面倒半瓢水、一铁锹黄土，把煤和黄土搅拌均匀，和成稀糊状，铲起来封火炉，把炉子的铁边也糊住，像个圆圆的黑饼。中间扎一个眼，要用铁火棍捅到底，用来透气。有个谜语"一个猪娃不吃糠，照屁股上攮一枪"，谜底就是这种煤火炉。

有火炉的房间，有我许多温暖的记忆。晚上，爸爸爱喝一杯小酒，他坐在煤火边的凳子上喝酒，我站在旁边捏菜吃。菜是一个炒鸡蛋，或是爸爸出差买的石花菜。爸爸的酒喝完了，我把菜也捏着吃完了。

为此，我写过一首诗《父亲爱喝一杯小酒》：

乡愁是一杯陈酿美酒/透过千年的尘埃/寻寻觅觅/那若隐若现的出口

童年宁静的夜晚/父亲爱喝一杯小酒/他手中的一杯辛辣/是上有老下有小的甜蜜忧愁

他的下酒菜/有时是一个炒鸡蛋/有时是半碗石花菜/他只喝酒不动筷/陶醉于，爱女抓菜吃的憨态

夏日的傍晚，我嚼着酵母片/坐在竹躺椅的脚凳上/听父亲讲书里的故事/他想用美好的事物/带我飞向高远

每个家有小女的慈父/大概都有，一个不切实际的梦/希望女儿是世上/最幸福美丽的公主

父亲离去/我想把思念酿成诗歌/让天堂的父亲/就着我的诗，小酌

爸爸和哥哥爱逗我，他们把一条腿架在凳子上，让我扛，说扛得起来就奖励我。我使出吃奶的劲，也挪不动一点儿。

堂屋北墙边有个条几，过年时条几上有红蜡烛和香炉，碗大的香炉里有沙子，香插在沙子里保持平衡。大年三十

晚上和大年初一早上，妈妈煮好了饺子，先到条几前祭祖先。妈妈祭拜祖先时会跪下，嘴里念念有词，倒一点饺子汤在地上，代表祖先吃过了。我在旁边偷看，妈妈会瞪我，说我没规矩。

条几下的两个洞是鸡窝。晚上鸡进窝后，把洞口用木板堵上。早上再拿开，放鸡出去。鸡下蛋也在这窝里。

条几前有一架纺花车，妈妈坐在纺车旁的矮凳上纺线，她左手摇纺车轴，右手里的棉花季子就抽出了一根细长的棉线，线长得胳膊撑不住时，手慢慢往回送，缠到纺车的线穗子上。线穗子越来越大，像一个拉长了的鸭梨。妈妈把棉线搓成线绳，用来纳鞋底，做鞋子。

下雨时，妈妈坐在堂屋门口做鞋、补衣服。她旁边有个针线菠萝，里面有顶针、剪刀、线、碎布头等。妈妈还会裁剪小孩的棉衣，常有人来找她裁剪小孩的衣服。她们走时留下碎花布头，我就拿来玩。我没有布娃娃，就用衣服单子裹在一起，包娃娃玩。有一次我抱着裹好的"娃娃"，看到大伯从我家门前过，他脸上笑笑的，我以为大伯笑话我，羞得一下子趴在妈妈的背上。

有一次爸爸下班回来，妈妈告诉他，小妮会缠线蛋了，说完让我用胳膊肘上下翻着表演给爸爸看。

老屋的院子平坦敞亮,西南角有个粪池,平时扫地的垃圾、烂菜叶子等,都扔粪池里。

院前有小树林,种有枣树、毛桃树、香椿树、臭椿树、无花果树,还有木槿花。奶奶坐在小树林里,给我讲老猴精的故事:"老猴精假扮姥娘(外婆)来敲门,说:门插板门鼻儿,快给姥娘开门。大妮儿说我不开,二妮儿说我不开,小妮儿说我开。到了晚上,老猴精说,黑了(夜晚)谁给姥娘睡?大妮、二妮都说不跟姥娘睡。小妮说我跟老娘睡。半夜大妮上厕所,听到姥娘嘴里咯噔咯噔地吃东西,趴窗户缝里一看,她在吃小妮儿的手指头呢。大妮叫上二妮,爬到院里的大树上。老猴精吃了小妮,想吃大妮二妮,就假惺惺地说:大妮二妮,快把姥娘拉上树去凉快凉快。大妮、二妮说,姥娘你把绳子绑腰上,我们拉你上来。大妮、二妮把老猴精快拉到树上时,一松手,老猴精扑通掉地上摔死了。大妮和二妮就把老猴精埋到粪池里了。后来粪池里长了一棵好大的白菜。"这个故事跟童话里的《狼外婆》有点像。我家院子前面,也有个粪池,我每次看到粪池,都想会不会下面也埋着一个老猴精呢?

端午节,奶奶给我缝了鸡心香包、鸭嘴香包,给堂侄儿缝了娃娃香包。大堂嫂生堂侄女的时候,奶奶给她做饭,我去她家玩,她把鸡蛋荷包分一个给我吃。回家后,妈妈问我是不是吃大嫂的饭了,我摇头,妈妈就指着我棉坎肩上的鸡蛋渣说,这是什么?

老屋门前有棵大杏树,它的荫凉能覆盖半个院子,一米处分成两股叉,杏树枝繁叶茂,每年都结满黄澄澄的杏儿,我喜欢爬到枝干上玩。麦子成熟时,杏儿也熟了,割麦的人经过我家,奶奶拿竹竿打杏子给人吃。奶奶说杏核扔一院子不好看,就捡了杏核,敲出杏仁,做腌菜吃。

每当我回忆童年,总会想念我家老屋,想念我的小脚奶奶。我写了一首诗《老屋·奶奶·老杏树》:

乡愁,是童年宽敞的老屋/土坯墙瓦屋檐/院里一颗老杏树/像奶奶一样/枝繁叶茂子孙众多

粗大的枝干/像奶奶的怀抱/包容我的顽皮快乐/我们吃了杏肉/奶奶把杏仁做成菜/希望我们吃了杏仁/蜕掉坚硬的壳儿/成为幸运的人

房前小树林里/有黄鹂鸟歌唱/我坐在木槿花丛边/听奶奶讲古老的神话传说

妈妈进城不带我/我哭得伤心/奶奶用手背的皮/捏一座

"城"/让我吃着冰糖/在"城"内玩耍

冬天,奶奶在火炉旁/给我烤零食,也烤/我尿湿的棉裤/她不嫌,尿骚味的白烟/那是她,子孙香火的绵延

搬新村时,我们都走了/老杏树、老屋都成了麦田/奶奶也搬到了我的梦里

土坯房的老村

在老村时,大伯家的房子也是土坯墙,跟我家隔一个夹道。相比大伯家的房子,我家老屋其实是新屋。大伯家的院子是三合院,北屋、东屋、西屋各三间,听妈妈说,那院房是爷爷盖的。最初,爸妈结婚时住在北屋,大伯家住东屋,二伯家住西屋。二伯很早去世。我出生时,大伯的两个大儿子已结婚。爸爸另盖了一院房,爷爷留下的房都给了大伯家。大堂哥家住西屋,二堂哥家住东屋,大伯、伯母还有堂姐、小堂哥住北屋。

大伯家的院子没我家院子宽敞,院子中间有个葡萄架,奶奶和伯母的母亲常在葡萄架下唠嗑。院前也有小树林,里面的桃树、杏树结的果子又大又甜。大伯比爸爸会侍弄庄稼、果树。大堂嫂有三个孩子,二堂嫂有两个,他们常

把孩子送我家让奶奶带。我常在两个堂哥家玩,有时也在他们家吃饭。

大伯家后院是雯雯家,她家住三间正房,厨房在院子西侧。我去找雯雯玩,看到她姐阁阁在刷碗,阁阁向我传授刷碗秘诀:用抹布沿碗转一圈,碗就洗干净了。雯雯的姥姥个子高,腰有点弯,她端一瓢面刚进厨房,就开始放屁,先响一声,再响两声,接着就像机关枪一样突突突突响了好几声。雯雯姥姥一脸和蔼无辜的表情,我们却笑得快岔气了。

一次,我去找阁阁玩,雯雯姥姥说阁阁投井去了。我来到村北的井边,看见阁阁正坐在那里,她和雯雯因争着给爸爸端洗脸水争宠,闹了矛盾,她被姥姥训斥了。

阁阁在上小学,她给我们讲学校里的许多趣事,让我对上学无比向往。我们在我家屋后小树林里荡秋千,树干粗壮,奶奶在树上绑了绳子和小板凳,就成了我们的荡秋架。阁阁教我和雯雯写字,"上""下""大""小",我们在地上画。有路过的小学生,也教我们写几个字。阁阁还教我和雯雯扶着树下腰、劈叉、倒贴墙等。

雯雯家后面,住着四家人,他们是四弟兄的家,一家是单身汉,一家是二十岁的孤儿。单身汉是老小,孤儿的父亲大概是老大,很早去世了,他母亲改嫁到南方,他曾随母亲去过南边,因此村里人叫他"蛮子"。小孩子见了他就喊:"蛮子蛮,打花弹。"另外两兄弟是仇富表叔家和仇德表叔家,两家孩子都多。村子是奶奶的娘家,因此我叫叔、婶的,前面都要加个"表"字。仇德表婶脾气好,我常在她家玩,也常闯祸。有一次我帮表婶烧火,把一堆麦秸烧着了,表婶没怪我。听奶奶讲,新中国成立前我爷爷在乡下买了不少地,家里有牛羊,后院的表叔曾给我家放过牛羊。

那时村里的房子错落有致,大部分是土坯房,没院墙。

我大嫂的娘家在村东南,跟村里的牛屋、马屋连着,像一个大户人家的两出院,我想那些房子大概是地主吴亨家的。

牛屋坐北朝南,吴亨住在牛屋旁的两间东厢房里。他人到中年才娶了一个寡妇,给他生了一个女儿。吴亨在村里辈分最低。村里有一家姓祝的人,辈分最高,他和吴亨年龄相仿,吴亨却要喊他老太(太爷)。富裕人家的孩子早婚,所以孩子辈分低。穷人家的孩子晚婚,所以孩子辈分高。

红砖瓦房的新村

1980年前后,我们村的人分批从老村往新村搬迁。大队书记继承表叔是我们村的。他利用职权,在村南鸡冠山脚下的山坡地上,建起了一排排整齐的红砖瓦房,叫新村。一边建,村里人一边陆续从老村往新村搬迁。

新村西头有两个公共厕所,男女厕所各有十个蹲坑。先搬来的人家,还打过沼气,每家院里挖一个比红薯窖还深的沼气池,下雨时,小孩在里面哗啦哗啦蹚水玩。最终村里人也没用上沼气做饭,后搬来的村民家就没再挖沼气池了。

新村的房子一排六间,住两到三家人(按人口分房)。住房、厨房、院墙、门楼都对应得整整齐齐。吃午饭时,站在自家门楼下面,一眼望到一排门楼下面吃饭的人。

我家人多,分了四间房。我和爸妈住西间,堂屋北半部分隔开一个小房间二哥住,奶奶和小哥住东间,大哥大嫂和侄儿住东边一间单独开门的房。爸妈的房间有个小后窗,我喜欢趴在窗口,把脸挤在窗户的钢筋棍上,看我家后排的两位堂哥家来客了、吵架了、吃饭了……

村子还没搬迁完,继承表叔的大队书记被免职了,新村也停建了。少部分村民还留在老村,他们后来自己建的新瓦房。

新村在山脚下,地势高,如果发洪水,可迅速转移到隔壁糖库的避难所。听说1975年8月,驻马店板桥水库决堤,洪水淹了几个县,多个村的孩子死光了。我们县紧邻板桥水库,洪水虽没经过,人们也受到震撼。不知当初规划新村时,是否有防洪因素。继承表叔的三个孩子,都跟我年龄差不多。

新村占的是山坡地,老村那里的地平坦肥沃。搬到新村后,我家老屋成了绿油油的麦田。

新村在县农修厂的南面,中间隔一条通往县城的柏油马路。村子南面与糖库毗邻。村里人的生活方便了很多,到农修厂换面条、看电视,在厂里的水泥地上晒麦子、红薯干,妇女们用厂里的自来水洗衣服,小孩子去厂里玩耍、采梧桐籽、捉麻雀等,仿佛那里是村里人的后花园。

每天晚上吃罢饭,村里孩子都搬着小板凳,来到农修厂的大饭厅,等着抢占好位置看电视。去早了,能看到穿白汗衫的工人,打了饭菜放地上,左手拿着雪白的馒头,右手夹菜,菜盆里有猪肉丝,菜汤油光光的。

一台小小的黑白电视机前坐满了人,最后两排的人都站着看。我们村的人和附近村里的人都来农修厂看电视。那时电视机还没普及。

二哥家的房子盖好后,我家分到的四间房都给大哥家。一排房子的另两间,是耕田表叔家的。表叔在别处另盖了房,他的两间房被我爸花800元买下,给我大哥了。我爸寡言,他买房没告诉大哥。有一次,大哥对表叔说,厂里有人想买表叔的房。表叔说,你爸已经买下给你,钱都给我了,你不知道?我大哥一头雾水说不知道。

村里人都说我大哥不操心,侄儿从小都是爷爷奶奶养的,分家了也跟着爷爷奶奶,直到读初中住校。大哥承蒙父母照应,日子过得舒心无忧。他爱看《红楼梦》,喜欢跟小孩子玩,他那个年龄的农村青年焦虑的事,比如攒钱、盖房、娶媳妇、养孩子,对他都是浮云。他原本学习好,却因早婚以及家里的原因,没能考大学、上大学,他一点儿没感到委屈。

接二连三盖新房

爸爸平时花钱大方,但他心里有底。二哥家前后左右邻居的房子，都是没搬进新村的人自己盖的，质量有好有坏。条件差的，厨房是用碎砖头拼盖的。二哥的房在当时算气派的。

我和爸妈、奶奶、二哥搬到新房里。二哥结婚住一间，我和奶奶住一间，爸妈和大侄儿住一间。小哥从部队转业回来后，家里房子又不够住了。爸爸又给小哥盖房，当时我读初中，爸爸压力大，上班曾晕倒过。

小哥的新房是三间瓦房，看得出，爸爸已精力不济。好在小哥安排在爸爸单位上班，爸爸退休后又返聘上班，小嫂也有工作，家里很快又宽裕了。三间房，两间住房，爸妈一间，哥嫂一间，我放假住二哥家。

不久，爸爸又在小哥的院子前盖了三间平房。这样，小哥一家住平房，我和爸妈住瓦房。平房前后都有门，非常凉快。

小哥的砖厂没盖起时，村里空气十分清新。夏天的傍晚，山坡上轻风吹来，凉爽得很。爸爸和侄儿常睡平房顶上。从20世纪90年代开始，小哥在山坡上开砖厂，环城公路改道从村后改到村前，正好经过小哥家门前。修路时期，村庄的房屋树木上，都积了厚厚的黄土，安安静静、空气清新的村庄一去不复返。

小哥开十多年砖厂，却没给自家盖楼。他也没料到，如今在农村盖一栋楼房，要四五十万元钱。他这个曾经的农民企业家，抓住了改革开放初期国家支持办民营企业的机会，捞到了第一桶金，却错过了享受房地产红利的机会。

十几年前，大哥、二哥家像村里人一样，瓦房拆掉盖了二层楼房。小哥家在县城买了房，他在农村盖房的计划一推再推。

如今，村里的瓦房、平房所剩无几，其中就有开过砖厂的小哥家、开过石头场的大队书记继承表叔家。瓦房夹在众多楼房中，显得矮小落寞。大概应验了"二十年河东、二十年河西"的谚语了。

缝纫机　收音机

那时，结婚流行"三转一响"：自行车、缝纫机、手表、收音机。哥哥们结婚时，爸爸给嫂子都买了缝纫机。

大嫂用缝纫机给一家人做新衣、补旧衣、扎鞋垫。最初，有缝纫机的人家不多。常有邻居借用我家的缝纫机。

大嫂做缝纫活时，我站旁边看。缝纫机闲下来时，我就蹬着玩，学会了轧直线、轧弯线、换底线。我用缝纫机轧作业本。还把画在布上的花剪下来，轧到衣服上。

大哥厂里有人送了一个唱片机，在当时很时髦。我去二姑家时，表姐跟人炫耀说我家有播放机。收音机我家很早就有，别人羡慕我家有两个拿工资的。

读初中后，我每天听收音机里的英语讲座。常听的讲座是西安外国语学院的老师讲的。高中时，我曾说想考西安外国语学院，因我的英语成绩是全年级第一名，英语老师对我期望很高，他希望我能考北京外国语学院。遗憾的是，由于偏科，我只考上一所大专中文系。高一时我幻想成为会十国外语的翻译家，还跟收音机学过函授日语，会说几句日语。考上大专后，我的翻译家梦就成了浮云。

哥哥的婚床

二哥的新房刚盖好时，还没有分家，我和奶奶住在大哥家。我就睡在二哥的婚床上，床没上油漆，床头架子上有可转动的木棍。

同院耕田表婶的女儿椿妮陪我一起住。我俩晚上披着被单唱戏。我假扮戏里的娘娘、皇姑。椿妮喜欢拿根棍子放肩膀上，学戏里的白脸狼走路。

二哥结婚时,床被油漆刷成红色。现在二嫂的婚床是她的两个小孙子睡,床一米五宽、两米长,跟现在的一米八宽的席梦思床比,显得窄小。

小哥没结婚时,他的婚床和三组合的衣柜爸爸早就准备好了。没上漆的婚床爸妈先住着。小哥结婚时,因为参加了工作,没有要这些家具,另做一整套实木木柜,买了席梦思床。给他预备的婚床一直由爸妈用,没上油漆。爸妈去世后,这张床放在大哥家二楼的一个客房里。

写春联

贴春联是春节的重要标志,增加喜庆气氛,抒发美好愿望。我家的春联是爸爸或大哥写。买回红纸,裁成春联所需的宽窄长短,用毛笔写上对仗押韵的春联。

那时大门上贴门神,门框上贴春联。上下联常用"春风杨柳万千条,六亿人民尽舜尧""向阳花木易为春,勤劳人家先致富""福如东海长流水,寿比南山不老松""门迎百福福星照,户纳千祥祥云开""生意兴隆通四海,财源茂盛达三江"等。横批常用"万象更新""春回大地""福满人间"等。院子里贴"出门见喜""满园春光"。架子车上贴"日行千里"。灶屋里贴"小心灯火"。床头上贴"身体健康"。麦茓子上贴"五谷丰登"。条几上贴"道有"。猪圈和鸡窝上贴"六畜兴旺"。

我从小学三年级开始,就学写春联,自家用,不太讲究。奶奶去世后,家里有三年春联纸是黄色或紫色,春联上写"孟宗哭竹冬生笋,王洋卧冰水现鱼"等。现在很少有人自己写春联,都是买现成的。

贴春联在大年三十早上,大哥先拿鞭炮去祖先坟上放,请祖宗回家过年,然后贴春联。贴春联时家里人都要在屋里,免得被门神挡在门外。如果家里有人在外地不能回来过年,就不贴春联。

春节是一年中最隆重的节日,有很多忌讳,比如不能数饺子、馒头,迷信的说法是会越数越少。大年三十、初一、初五、十五这些重要的日子,吃饭前要先敬祖宗。

蒸馒头、出油锅时,也要先敬祖宗和老天爷。小孩话多,不懂规矩,一般不让待在厨房里,免得说错话。正月十五蒸一尺长的布袋馍,家里有几位男子,就蒸几个布袋馍。

中国人讲究安居乐业,一家人省吃俭用的钱,主要用来盖房子。从某种意义上讲,房是家庭温暖的港湾。

日行千里　夜行八百

架子车上看风景

小时候，几乎家家有架子车。架子车是走亲戚时的交通工具，也是拉麦子、拉粪时的农具。

夏天，姑家表姐拉架子车来接奶奶去她家消夏。车上绑了一个放倒的条凳，凳子面与两侧车帮绑围得像三面矮墙，里面铺一床被子，我和奶奶舒服地坐车上，表姐拉车，我一路乐悠悠地观赏田野风景。这是我跟奶奶一起去姑姑家走亲戚的情景。有时是奶奶拄着拐杖，牵着我的手，我们走着去姑姑家。

亲戚家娶媳妇、生孩子待客，送礼吃席的，大都拉架子车去，大人孩子都坐车上。现在待客，门外停满了汽车、电瓶车，那时全是架子车。

小哥学校有劳动课，给学校拉砖、拉土盖校舍，从家里拉架子车。下坡时，小哥一条腿盘坐在车的一侧车把上，一条腿夯拉着，在地上猛蹬，车就快速向前滑去，这个动作叫"轧油儿"。下坡时，"轧油儿"很危险，弄不好会把自己摔伤。拉架子车也需要技术和经验。

割麦时，架子车拉麦，麦捆摞得比人高，从旁边或后面看不到人，只看到麦子小山一样移动。有一次，大哥拉麦走在村路上，村里一个跟大哥要好的人喝醉了酒，非拉着大哥说话，缠着不让大哥走，最后他跟大哥推推搡搡，竟把一车麦子弄翻在地上。

架子车不用时，把车推墙边，举起车把，让车身离开车轴，把车靠墙上，车轱辘推屋里，免得雨淋生锈。我喜欢坐在车轴上滚着玩，玩着玩着摔倒在地上。

我也见过村里的牛车，比架子车大很多，车帮宽得像条凳。马车在村里的牛屋前，小孩喜欢爬上爬下捉迷藏玩。

自行车　摩托车

我第一次坐自行车是过年时,邻居二平姐骑自行车去县城买东西,说可以带上我。我小心翼翼斜坐在自行车后座上,走到农修厂西边时,有一段很陡的下坡路,自行车飞快地向前冲,速度快得让我胆战心惊。我大声喊着要下车,二平姐却不减速,我就直接跳车,结果重重摔在地上,摔得胳膊疼了两个月。

二嫂结婚后,家里有了自行车。我开始学骑自行车,因个子低,够不着大梁,只能从大梁下掏腿蹬半圈,在二嫂帮助下,我学会了掏腿蹬自行车。

二哥与村里一家人合伙买了一辆卡车拉货。几年后,他卖掉车,去广州打工。他在南方开货车二十多年,会开车也会修车。现在他年龄大了,改做别的工作。他家买了小汽车,供当小学教师的儿媳上下班用。

我读初中时,爸爸承诺,如果我考上县一高,就给我买自行车。我上一高时,爸爸真给我买了一辆凤凰牌自行车,还让嫂子给我买了当时被称为"中国计时之宝"的品牌手表。小哥说新自行车在学校里容易丢,让我把新车给小嫂，让我骑小嫂的旧自行车。学校里有自行车的学生不多，有同学回家常借我的车。小哥跟爸爸一个单位，步行上班几十年的爸爸，可以每天坐小哥的自行车上下班。

小哥开砖厂后买了摩托车。我工作后，爸爸也给我买了一辆小摩托，是宁波吉利集团生产的都市鲨鱼，没想到几年后，我研究生毕业来到了宁波工作。现在，村里人出行，一般都是电瓶车、小汽车，自行车都少有人骑了。

小时候，我们上学、赶集、走亲戚，基本上靠步行。一边走路，一边看风景看人，觉得也很有趣。大家称步行为坐11路汽车。

村前是通往县城的柏油路，路上有各种各样的车。人也各种各样，有坐小汽车的、骑自行车的、步行的，还有挑着担子走路的。行走在人生的路上，何尝不是如此？每个人都在走自己的路！

童心童趣

第二章

我们的小时候

:)

　　那个年代的乡下孩子，有自己独特的童年乐趣，那些唱过的儿歌、玩过的游戏、动物玩伴、童年囧事，仿佛就发生在昨天，与故乡的亲人、田野庄稼、野草野花一样，伴着潮湿田埂里的虫鸣，以及春天纷纷扬扬的芳香，在我记忆里盘桓，弥久弥新……

唱过的儿歌

农村流行的儿歌叫顺口溜，押韵，朗朗上口，跟农村风俗和生活场景贴近。

我常去邻居麻婶家找她女儿"麻秆儿"玩，"麻秆儿"是她的绰号，她瘦得像麻秆一样。我们你一句我一句说唱儿歌："你姓啥，我姓飞，飞啥，飞机，机啥，鸡毛，毛啥，毛泽东，东啥，东方红，红啥，红旗，旗啥，骑马，马啥，马兰花，花啥，花姑娘，娘啥，娘子军，军啥，军队，队啥，对花枪，枪啥，枪毙你。"念到最后，手指对方，做个打枪动作。

我们最爱唱："芝麻秆，顶花碗，花碗破，狗拉磨，鸡打水，猫烧锅，兔子上去捏窝窝，捏一个，拍一个，一会儿捏了一小锅。"这个儿歌意境很美，有童话色彩。我们乡下孩子不知道"童话"的字面含义,却也有一颗童心,喜欢着童话故事和有童话色彩的顺口溜。

因为手表是奢侈品,青年男子相亲时,都要借块手表戴上。我们唱过关于手表的儿歌:"咱俩好,咱俩好,咱俩对钱买手表。你戴戴,我戴戴,你是地主的老太太。"念"你是地主的老太太"时,把手指向对方。我的小手臂上有黑痣,"麻秆儿"就预言我将来能戴上手表。她的预言后来应验了,读高中时,爸爸给我买了块手表。

儿歌中有骂人的。比如有人从你头上迈腿过去,你要念:"倭瓜秧,葫芦秧,兔子漫(从头上迈脚过去)我我还长。"对方则念:"倭瓜籽儿,葫芦籽儿,不叫老子叫翘翘腿儿。"堂姐和我小时候曾玩过这种游戏。当然,我是念"倭瓜秧"的,她是念"倭瓜籽儿"的。

"麻秆儿"的奶哄她弟弟时爱念:"板凳板凳歪歪,里面坐个乖乖,乖乖出来买菜,里面坐个奶奶,奶奶出来梳头,里面坐个小猴,小猴出来穿衣,里面坐个公鸡,公鸡出来打鸣,里面坐个豆虫,豆虫出来爬爬,里头有个南瓜。"或念:"小喜鹊,尾巴长,娶了媳妇忘了娘,把娘背到豆棠里,把媳妇背到被窝里。"念完摇着小孙子问,你长大了疼奶奶不?摇得小孩咯咯笑。

我们也玩"盘脚盘",两人或多人玩,大家把脚伸出来,脚板围一个圈,念"盘盘,盘脚盘,脚盘高,磨大刀,大刀快,切辣菜,辣菜苦,切豆腐,豆腐甜,撒把盐"。念一个字,指一只脚,顺时针转,最后一个字落哪只脚上,那只脚就要收拢去。最后收回脚的人算赢家。

农村家家有老鼠,猫也多。夜晚,老鼠在房梁上跑,唧唧唧地打架。小老鼠上灯台的儿歌家喻户晓:"小老鼠,上灯台,偷油喝,下不来,喊小妮,抱猫来,叽里咕噜滚下来。"

因为没零食吃,我们都盼亲戚来,带点好吃的,所以爱念:"筛箩箩,打汤汤,谁来了,大姑娘,兜的啥,果子糖,叫小妮吃了屙一床,尿一床。"前院秋屏姐的嫂子故意当着她的面教孩子念:"小马喳,叼豆腐,谁来了,大姑父,赶紧烧水熬骨头。"秋屏姐刚订婚,羞得脸通红,站起来回屋里了。

中秋节,我们吃月饼时,拿着月饼,一边吃,一边在村子里跑着玩,口里念着:"月姥娘,黄巴巴,八月十五到俺家……"那时的月饼大,直径半尺,妈妈把月饼掰开,每人分一小块。月饼甜甜的,里面有花生仁、糖冬瓜、冰糖块等,虽没现在的月饼美味,但物以稀为贵,能吃月饼还是很幸福的。

八月十五走亲戚时，要送两个果子包，一包月饼、一包糖。"麻秆儿"贪吃，去姥姥家走亲戚时把月饼偷吃了，再捡块石块包上，冒充月饼。这事大概很多孩子都干过。果子包送到亲戚家，从一家又转到了另一家，最后，那个果子包不知转到哪一家了。"麻秆儿"吹牛时说漏嘴，泄露了这个秘密。据说她妈知道后，只是笑了笑，并没有打她一顿。

我爸也爱念顺口溜。冬天我拉大便在尿罐里，爸爸就念顺口溜："大雪往下泼，乌鸦变白鹅，屙屎冻屁股，不如回家屙。""天晴出太阳，麻雀高飞翔，屙屎屙外面，总比屙屋里强。"

爸爸教我和侄儿念过一首他在部队时学的顺口溜《胖大嫂》："东村有一个胖大嫂，圆圆的脸蛋个儿不高，胖大嫂，心眼好，天天干活不闲着，大嫂有一个胖娃娃，娃娃的名字叫小宝。有一年，秋天到，风吹树叶飘呀飘，大嫂疼爱小宝宝，忙着做鞋又做袄，做好了，比一比，一只大来一只小，你说糟糕不糟糕！"

我在琼瑶的书里读到一个顺口溜《倒唱歌》，觉得有趣，就教给了侄儿："倒唱歌来顺唱歌，河里石头滚上坡。

我从舅舅门前过,看见舅母摇外婆。满天月亮一颗星,千万将军一个兵。哑巴天天唱山歌,聋子听见笑呵呵。"

在我物质精神都匮乏的童年时代,儿歌也在一定程度上丰富了我们的生活。

玩过的游戏

抬花轿　叨鸡　挤油油

五岁以前，我喜欢玩抬花轿游戏，两个大人或大孩子，把两手交叉伸出，自己的左手抓住对面人的右手脖，右手抓对方的左手脖，四只手搭成一个"轿子"座位，由一个小孩坐上去，两腿各放在两个人的怀里，抬着走。两位堂姐曾用手做"轿子"，让我坐过。

寒冷的冬天，适合玩叨鸡游戏或挤油油游戏。叨鸡是把右腿蜷起来，左腿单腿一下一下地蹦着走，左手握着右脚脖子，右膝盖作为武器攻击对方，把对方撞倒算赢。男孩子劲大，叨鸡时常叨得难分难解，引来一圈人围观。

挤油油是一群孩子紧挨一堵墙，往一个方向使劲挤，一边挤一边喊："挤，挤，挤油油，挤个老鸹烧烧吃。"不一会，就有人被挤了出来。被挤出的人站队伍最后，游戏接着进行。学校一下课，男生就挤油油取暖。

滚铁环一般是男孩子玩的游戏，而且铁环不易得，玩的人自然较少。据说，中国科技大学的少年班里，曾有个十一岁考上大学的"神童"，他是推着铁环走进大学校门的。我小时候也看到过村里的男孩子推铁环，但铁环不是每家都有。

打蝶窦（陀螺）也好玩。蝶窦是用木头削的一个上面大下面小的陀螺，底部镶一个钢珠架子车轱辘里面的钢珠。小堂姐有蝶窦，是大伯给她削的。她拿一根鞭子，鞭绳把蝶窦一圈圈缠住，离地两三寸猛一松鞭，蝶窦就在地上转起圈来，小堂姐不时用鞭子抽打一下蝶窦，让它均匀地转，免得停下来死掉。我在一边看着，羡慕得不得了。削陀螺很费工夫，我爸爸出差不在家，我不能让大伯给我做。但过年时，大伯杀鱼，会把鱼的肺泡扔地上，让我踩，随着那一声脆响，我开心极了。

踢房子　跳绳子　抓石子

上小学后，我们几乎整个寒假都在玩踢房子、踢沙包游戏。踢房子要在空地上，用石片画出房子的格，按照约定的规矩决定输赢。每天吃罢饭，我就去玩了，玩得浑身热乎乎的，再冷的天也不怕冷。

踢毽子、跳绳子、抓石子适合春秋玩，不冷不热，衣服又轻便。

抓石子也有规定分输赢。每人都有自己的一套七颗石子。讲究的人选白石头，磨得圆溜溜的，不讲究的顺便捡七个大小差不多的石头也能凑合着玩。上学的路上，常常走着走着，就有两个人就蹲下来，抓起了石子。

鸡毛毽子是用铜钱和公鸡毛制作的，很难得，铜钱和公鸡毛都不好找。晚上妈妈答应我，说到箱子里给我找两个铜钱，做鸡毛毽子，结果第二天她一忙就忘了，我却没忘，一直惦记着呢。我找妈妈要，妈妈就火了，她正忙着，哪有工夫给我找铜钱。我幼小的心很受伤，觉得妈妈不讲信用。没有鸡毛毽子，我们凑合着玩，比如把作业本撕得一绺一绺的，一头绑起来，当毽子踢。或把路边的两棵肥硕的野菜绑住根部当毽子踢。踢毽子花样很多，前踢，后踢，偏踢。两脚对踢叫推小车，难度较大。

跳绳子花样也多，正面跳，反面跳，挽花跳。一个女同学，课间挽着花能跳50多下。放学后，我们在村里跳大绳，两个人悠绳，其他人跳，绊住绳子算输，输的人去悠绳子。跳大绳要把握节奏，大家边跳边念："我在河边跳绳子，后面跟了个二流子，拳打脚踢告老师，老师回去告麻子，一麻子跑，二麻子追，三麻子捡了三分钱，四麻子买，五麻子吃，六麻子捡了个电视机，七麻子捡了个手榴弹，炸得八麻子团团转。"

每一样游戏我们都玩得忘乎所以，热火朝天。

玩泥巴

农村孩子没有玩具，一坨泥巴都能玩出多种花样。泥巴可以捏小人，捏房子和各种物品。

比如摔瓦屋。和一块湿泥巴，做个泥碗，底部尽量弄大弄薄，然后高高举起，喊："瓦屋瓦屋谁赔我，驻马店的好眼药，谁赔？"如果有人应"我赔"，就把泥碗狠狠扣地上，中间摔破的洞，由对方扣一块自己的泥巴，做个补丁给补上，所以破洞越大越好。

比如包泥饺。妈妈不让我玩面，我就用泥巴包饺子、做面条、做花馍。我学擀饺子皮、包饺子、做花馍，都是先用泥巴练习的。

比如泥手枪。小哥有一把黄泥手枪，是他在山上弄的黄土，经过特殊工序摔打定型做成的。黄泥质地硬，颜色亮，手枪看起来十分逼真。我很想摸一摸，又怕小哥打我。有一次趁小哥不在家，我偷偷拿了他放在小木箱里的枪，一不小心，枪摔在地上，变形了，小哥回来后狠狠打了我一拳。

比如分地。农村土地承包后，"分地"也成了我们的游戏。"分地"要两个人玩，下过雨后，在湿软的地上画个四方形，从中间画一道线，把四方形一分为二，两人各得一块地。石头剪刀布决定谁先分。获得分地权的人，把削铅笔的刀在对方的地块上连甩三下，每甩一下，小刀必须直插进泥里，压线或出圈都算输。在第三下插到的位置，把刀拔出来，以这个位置为准，横着或竖着画一道线，把对方的地又一分为二，然后让对方选一边，另一边地就归自己了。谁的地先被分完，谁就输了。

挑棍　赁窑

地上的草棍，苦楝树结的楝豆都是我们游戏的玩具。

挑草棍。捡一把细草棍，握在手里，猛地掼在地上，草棍四散，有的分开，有的摞在一起。挑草棍就是要从中找一个棍，拿起时，不能让其他草棍动，然后用这根棍，把其他草棍慢慢地挑起来，挑出的都算是你的，如果挑的过程中，其他草棍动了，就输了，然后让对方掼，对方挑。最后谁挑的草棍多，谁就赢。

赁窑。赁窑就是在地上挖两排小坑，把楝豆分放在坑里，根据一定的输赢规则，排列楝豆。有时一玩就是十几天，甚至一个暑假。

村里人夏天常在凉棚下纳凉。棚上爬着丝瓜秧、葫芦秧，开着黄色、白色的花，小葫芦从朽了的棚架上探头探脑垂下来。我们在地上一心一意数楝豆、赁窑。在一个表婶家凉棚下玩时，我看到跟大嫂同一天结婚的表婶给孩子喂奶，旁边坐着秋屏姐，我看到秋屏姐胸前的汗衫鼓鼓的，心想为什么不让孩子吃她的奶？现在想想觉得好笑，小孩的世界天真无邪，但心智毕竟还不成熟。

砸砖　打扑克

砸砖。过年时得了压岁钱，我们到门市部把钱换成一分、二分、五分的硬币，就可以玩砸砖了。大家各拿出一枚硬币，整齐地摞在一块砖头上，离砖头一米处画一道白线，人站在线外。通过石头剪刀布决定砸砖人的顺序。砸砖时，要拿手里的硬币砸砖上的硬币摞，砸掉的硬币算赢的。这是过年时我们最开心的游戏。

那时大哥快三十岁了，是两个孩子的爸爸。他除了去工厂上班，家里活一律不做，孩子也不管，整天拿着《红楼梦》看。看我们玩砸砖，他也参加，他一下子把我们的一摞钱全砸掉了。赢了钱他要走，大家不依，追着他要钱，他就笑着跑，后面跟几个小孩子追，其中还有大嫂的侄儿。

打扑克是我们常玩的游戏。打升级、捉黑一、斗地主只定输赢不赢钱。小五分和推牌九赢钱。爸妈和哥哥都爱打牌，家里有几副扑克。我小时候脑子灵，打牌常赢钱。我赢了小堂姐和二平姐各五角钱，找二平姐要钱，她给了我。我找小堂姐要钱，她不给钱还打了我一拳，她小时候是个霸王。

有一年夏天，天气变幻无常，每天上午晴天大太阳，一到下午三四点就下大雨。雨过天晴，云彩变化多端，有人说东小山看到龙尾巴了。

我得了红眼病，眼睛血红血红的，但还是每天打扑克，不肯休息。二堂嫂在夕阳西下时，给我的两边眼角放过血，也不见好。

后来奶奶听到一个偏方，让我去山坡上挖了一把白茅根熬水，把热气腾腾的茅根水倒盆子里。我用棉袄蒙住头，用茅根水的蒸汽熏眼，熏了一次，竟然好了。没想到，嚼起来甜丝丝的茅根，还是医眼的良药。《本草纲目》里记载："白茅短小，三四月开百花成穗，结细实。其根甚长，白软如筋而有节，味甘，俗呼丝茅。"主治劳伤虚羸，补中益气，除瘀血，血闭寒热，利小便。

动物玩伴

小孩子都喜欢小动物,农村孩子没有钱买布娃娃和玩具,但他们有很多活生生的动物玩伴,比如牛、羊、驴、马、鸡、鸭、猪、狗、猫等,还有野外的蚂蚱、蛐蛐、蚰蜒、蛇、蛤蟆、蝴蝶、蜻蜓、知了、花大姐等。

鸡

鸡是寻常家禽,鸡飞狗叫是农家的日常。小鸡是老母鸡抱窝孵出来的。到了孵小鸡的时节,妈妈观察家里的老母鸡,如果哪只总是卧在下蛋窝里不肯走开,就是想"抱窝"了。夜晚,妈妈端一盆攒的鸡蛋,坐在煤油灯前,拿鸡蛋挨个在灯前照,里面有小白点的鸡蛋,可以孵小鸡。

妈妈把挑好的二三十个鸡蛋放到"抱窝"母鸡的窝里,母鸡就蹲在蛋上,用体温孵小鸡。"鸡鸡二十一,鸭鸭二十八,鹅鹅三十。"就是说,小鸡孵出需二十一天。这段时间里,孵蛋老母鸡除了吃食,日夜卧在蛋上,直到小鸡一个个破壳而出。

刚出生的小鸡,像毛绒绒的小球,在地上滚动,叽叽叫着,跟在老母鸡身后,非常可爱。一只老母鸡领一群小鸡,像一位母亲领一群孩子。

爱孩子是动物的天性。我想抓小鸡玩,老母鸡却炸开脖子上的毛,扑过来叨我,吓得我赶紧跑开。

小鸡吃小米,妈妈撒一把小米在地上,小鸡挤在一起吃,金黄色的小鸡一下一下啄米,很有趣。

夜晚,妈妈用鸡罩把老母鸡和小鸡罩里面。鸡罩是柳条编的或竹篾子编的,透气,上面有个圆口,用一块砖压着,防止鸡跳出来。小鸡和鸡妈妈就在里面过夜。

有一年,村里来了一对要饭的母女,村里孩子跟着她们看稀罕。那母亲见老母鸡领着小鸡在粪堆上刨虫子吃,说:"鸡娃子长得真好。"我们都笑了,因为我们通常称小男孩的生殖器为"鸡娃"。要饭的小姑娘也跟着笑。她母亲生气了,说:"你在后面浪啥浪。"我们又笑了,因为我们那里,"浪"是骂人话。后来才知道,那是人家的方言,"浪"是玩的意思。现在的网上也流行说"浪",有幽默调侃的意味。真是人在家乡千般好,流落异乡,难免被人看成"另类"。

小鸡慢慢长大,长出硬毛和长羽,颜色发生变化,有三黄鸡,有芦花鸡。公鸡头上有火红的鸡冠,尾上的羽毛长而漂亮。母鸡鸡冠小,身材矮短,毛色朴素,像不加修饰的农家妇女。鸡蛋是农民的鸡屁股银行,可换钱买油盐酱醋。过生日时,妈妈煮一个鸡蛋给我吃。家里来贵客,妈妈烧一碗荷包蛋给客人吃,叫鸡蛋茶,鸡蛋茶里放红糖或白糖。坐月子的妇女每天可以吃荷包蛋面疙瘩加红糖。

端午节早上,家家吃煮鸡蛋、油条、稀饭。端午节是除春节外,最受小孩欢迎的节日。妈妈用雄黄酒给我们抹耳朵眼,防虫子爬进耳朵。小孩还要戴手缝的鸡心或辣椒形的香包。更小的孩子,手脖和脚脖上,系五彩线辟邪。

养鸡成本不高,白天鸡在粪堆上、草丛里刨虫子、草籽吃,晚上喂一点鸡食,通常是青草剁碎了拌点麦麸。鸡吃了晚饭,就进窝休息。农村人说:鸡带俩爪,刨着吃着;人带两手,干着吃着。

过年时,家里杀只鸡,鸡肠子、鸡血都是妈妈吃。妈妈说，小孩吃鸡血，脸上长黑雀子。土鸡肉香，汤里飘着金黄的油花。后来，家里富裕了，过年杀两三只鸡，鸡块炸成酥肉吃。

小哥说他小时候，捡过鸡粪。左手拎着一个陶罐，右手拿着两根折成筷子一样长的细树枝，叨地上的干鸡屎。鸡刚拉的稀屎则需用小铲子铲起来。拾的鸡粪交给生产队，可以换工分。这种活儿，适合年龄小的孩子干。小哥干活聪明、灵活，又肯下劲，所以奶奶从小就喜爱他。以前用鸡粪等农家肥种菜、种粮食，是很普遍、很普通的事，现在这样种出来的粮食蔬菜被称为有机食品、绿色食品，要比用化肥种出来的贵很多。

猪

猪是农家孩子的好伙伴。刚抓回的猪仔，活泼好动，吃食时嘴在食槽里一拱一拱的，大耳朵晃悠着，一副急切切的贪嘴样儿。村里的学前班老师教大家唱："猪，耳朵大，鼻子赤，胖胖的身子尾巴小，猪的一身都是宝。"

我小时候，家里喂的猪，一半吃猪草，一半吃麦麸或豆料拌草，这样养出来的猪味道很香。

猪很懒，吃了睡，睡了吃，喜欢在淤泥里打滚，爱享受。如果你蹲在猪旁边挠它的肚子，一会儿它就舒服地躺下了。

小猪娃肉滚滚、白胖胖的，憨态可掬，不幸的是，到过年长成大猪，就要被人杀掉吃肉了。

杀年猪很隆重，一般在村里空旷的地方垒个大锅灶，架上特制的大铁锅，烧一锅开水。杀猪时几个男劳力帮忙摁猪。小孩子围着看热闹。猪杀死后放到大铁锅上褪毛。褪毛前，杀猪匠在猪蹄子处切个小口，用嘴对着口子吹，把猪皮吹得鼓了起来，毛好褪。褪毛后，猪就被挂在树上现卖，这家要几斤，那家要几斤，这家要猪头，那家要肠子，不一会儿，一头大猪就被分割完毕。

猪肉现杀现卖，一家买一块，用麻绳提着回家过年。帮忙杀猪的人，可以在主家吃一顿有猪肉、有杂碎的炖菜。

新婚的青年，回娘家拜年要带"礼条子"，需要几个"礼条"提前跟杀猪的人家打招呼。"礼条子"是两根连着的猪肋骨。亲戚家收了"礼条子"，要给新婚夫妇压岁钱。

大年三十中午，家里把猪肉、鸡肉放一起煮一大锅。猪肉要带骨头的，妈妈把骨头上的肉切下一些，骨头上留些肉拿着啃。啃大骨头是大年三十最令我开心的事儿。

小孩子常在麻婶家玩,大年三十她家也有很多小孩在床上、地上打扑克、抓石子、踢毽子。她家三个儿子,比较穷,平时不吃肉,我到麻婶家的厨房,看到她从锅里端出一小黑碗颤巍巍的肥红烧肉,麻婶的大儿子捏起一片肥肉放嘴里,嚼得满嘴流油。虽然很少吃荤,很多小孩还是不吃肥肉的,所以看到麻婶的大儿子吃大肥肉,我感到很吃惊。

马

我家养过一匹枣红色的马。这马性格温顺,把它赶山坡上吃草,它就一心一意吃草,绝不受其他的牛、羊、马的干扰。我从小听说过村里的马踢伤人,所以惧怕马。但我家这匹马老实,暑假我就负责放马。

马在山坡上吃草,我在山坡上脱了小褂捕捉蝴蝶玩。有时也跟村里放羊、放牛的孩子一起摔跤、打扑克,或捡干树枝烧红薯吃。有一次我突发奇想,在一个高坡上,翻身骑到了马背上,马仍然低着头,慢条斯理地吃草。回家时,我骑着马经过山坡下的高粱地,看到麻婶在割草,她见我骑马,说我的胆子真大。那时我喜欢人家说我胆儿大,我正迷恋武打片，一心想当女侠，我甚至想把名字改成侠女的名字。

端午节，家里煮了鸡蛋。我把一个鸡蛋剥了皮儿，裹上一把草塞马嘴里，没想到马把鸡蛋吐了出来。

小哥当兵走前。我家还养过一匹马。鸡冠山一大半都是光秃秃的，只长浅浅的草皮和小灌木，也有几片树林。四里庄的树林是洋槐树林，林子里草很茂密，小哥天不亮就牵马上山，让马在槐树林里吃草和洋槐树叶。天亮时马就吃半饱了，再把它赶到山坡上。四里庄不允许人在林子里放牧。但村里很多人跟小哥一样，天不亮把牲口赶到树林里，天亮看坡人来之前，把牲口牵出去。马的眼眶被洋槐树刺扎伤了，小哥端一碗盐水，含一口，喷到马的眼眶上消炎。小哥当兵后，那匹马被卖掉了。

蚂蚱　蛐蛐　香半夜

整天在田野里剜野菜、猪草，地里的虫子我认识不少。蚂蚱是青绿色的，腿长身长，眼睛鼓出，比较秀气。还有一种蚂蚱颜色土黄，身子短粗，我们称之为"老飞头"。蚂蚱被小孩子捉住了，在狗尾巴草的长茎上串一串，据说可以烧熟了吃。我没吃过蚂蚱，但有一次，我的脚脖子长了个疖子，很久不好。奶奶捉一只青蚂蚱，把它肚子里的内脏去掉，把蚂蚱皮贴在我的疖子上，疖子很快就愈合结疤了。

蚂蚱也叫蝗虫，吃庄稼、树叶。我们小时候不知道这些。看了电影《1942》知道了，原来蝗灾也很可怕。1942年，豫北地区遭蝗灾，铺天盖地的蚂蚱，所到之处，庄稼树叶全被吃光。小小的蚂蚱一旦成灾，也很危险。

我不怕蚂蚱，怕蛐蛐（蟋蟀）。蛐蛐短小，身子油亮，动作敏捷，据说它的肉很香，我没吃过。蛐蛐嗖地从我面前跳过，会把我吓一跳，我从不敢捉这种虫子玩。

山上有一种虫子叫"香半夜"，白白胖胖的，生长在泥土里，大人挖地的时候，常会挖出这种白虫子，烧熟了吃很香。有一次，妈妈在山坡上干活，我跟着去，想让妈妈给我挖"香半夜"。正在锄地的一个表婶逗我，让我守着田埂上的一棵附子草，说等她干完活了，给我刨个弟弟玩。我信以为真，就乖乖地坐在那儿，盯着那棵附子草。那时，我以为小孩都是在山上刨来的，像刨萝卜爪、"香半夜"一样。

青蛙

村里有几个池塘,池塘里绿色的青蛙很多。毛主席曾写过一首咏蛙诗"独坐池塘如虎踞,绿荫树下养精神,春来我不先开口,哪个虫儿敢作声?"气魄很大,作者托物言志,以蛙自比:虽是小人物,也有龙虎之姿,也有不凡气概。

青蛙长得可爱,它吃害虫,对人类有益。小时候,玉米地里常见一种土黄色的青蛙,在陆地上生活。一跳一跳地跑。

我们小时候爱逗一种"气蛤蟆",这种蛙个头小,爱生气,用小棍轻轻在它腹部敲一下,它的肚子就鼓起来了,像生了很大的气。

浑身长满疙瘩的蛤蟆,我们叫它"蟾蜍""癞蛤蟆""癞头"。我们以为它的疙瘩会放毒,刺瞎人眼,所以看见就赶紧躲开。人们用"癞蛤蟆想吃天鹅肉",讽刺异想天开的人,似乎"癞蛤蟆"名声不好。但也有人认为"蟾蜍"能招财。金店里常放"金蟾",口里叼着钱币。人不可貌相,蛙也不可貌相。

蛇

食物链中，青蛙的天敌是蛇。蛇吃青蛙和老鼠。小时候我见过蛇，玩过蛇。

小学一年级时，村里的稻田在通往学校的土路西侧。稻田西面是坝堤，坝堤在山谷里，被鸡冠山半环着。我们放了学不走大路，常会穿过稻田田埂，走到山的东坡上采蒲公英花、挖萝卜爪，或到坝堤边茅草丛里抽茅芽、薅野蒜吃。坝堤边上有一蓬野蔷薇，开着红白色的花。坝堤中心位置有个小岛。

有一次我们在田埂上走，碰到一条青蛇，吓得哇哇叫。胆大的男同学抓住蛇尾巴，甩到稻田里了。坝堤里有水蛇，唰唰地在水里游。岸上的茅草丛里，有时会发现土黄色的蛇，叫"土土蛇"，有人捉回去，放酒瓶子里泡着，据说蛇酒治风湿病。

山坡上，村里人挖的红薯窖，夏天雨后窖里有积水。一群小孩围着一个红薯窖大声嚷嚷，我过去一看，一条长蛇在红薯窖的浅水里游。小孩子捡石头砸蛇，蛇在水里扭来扭去，最终被砸死了。死蛇被人用长棍挑出来，挂到电线杆上。大家说等蛇医生来救活它。

那时，稻田上空常见一种大鸟，传说是蛇的医生，即使蛇被斩成一节一节的，它也能接上、救活。后来我想，这种鸟应该不是蛇医生，也许是吃蛇的鸟。

药店里常见大玻璃瓶里泡着整条蛇。我怕蛇，连跟蛇长得像的黄鳝和泥鳅都怕。巧的是，我们家族里属蛇的特多，我常做一个相似的梦，梦里地上爬的、空中飞的都是蛇，吓得我站在原地不敢动。

我小时候没有布娃娃或动物玩偶，我的玩伴是活生生的动物，应该比玩偶好玩多了。

童年囧事

我是亲生的吗

村里大人爱逗小孩说:"你是捡来的""你的亲妈在……"我是个不经逗的孩子,人家一说,我就信了。

我在村子的牛屋院里玩,喂牛的红脸大爷说:"你是你爸捡来的。"我说:"哪儿捡的。"红脸大爷说:"你爸下班回家,听到路边沟里有小孩哭,一看,是个漂亮妞,就把你抱回来了。"红脸大爷是大高个子,那时五十多岁,一脸密密匝匝的皱纹。他表情严肃,一副正儿八经的样子,我对他的话将信将疑。

我回家问奶奶。奶奶笑着说:"忒(傻)妮儿,大爷逗你玩呢。"在我老家,说某人傻会说这人"忒""楞""二杆子",南阳人说人傻,会说这人是个"娄娃""娄妮""圣人蛋"。

我家的南邻,是疯子姑家。她家门前有个四根木棍搭的瓜架,架子上横七竖八放些细竹竿,黄的南瓜花、丝瓜花,白的葫芦花、冬瓜花,在肥硕的绿叶中探头探脑,瓜秧子爬满了瓜架,遮住炎炎烈日,投下一片荫凉。

疯子姑坐在瓜架下,辣椒炒嫩南瓜丝,就着面条吃,辣得她嘴吸溜吸溜的。她的小孙子话说不清爽,说"吃馍"是"馍吃",说"奶奶抱"是"抱奶奶"。

疯子姑并不疯,她身材苗条,皮肤细白,虽然五十多岁了,脸上没皱纹,不知为何得了这绰号。她老公绰号"瘸子",但他走路又快又稳,一点儿不瘸。

疯子姑逗我说,我亲妈是她娘家那庄的,门前有梨树,结很多梨子。她说我亲妈说了,梨子都给我留着呢。她描述得如此生动形象,有鼻子有眼。我求她带我去看看。她却总推说:"忙,没空啊。"我跟大嫂说了,大嫂说:"忒(傻)妮子,人家逗你玩都听不出来吗?"

继承表叔不当大队书记后,买了辆汽车,到外地拉货。一次,我在疯子姑的瓜架下摘南瓜花玩,继承表叔过来歇凉。他逗我说:"你跟你妈长得一点儿也不像,你不是亲生的。你亲妈在东小山那边呢,我出车时,常从她门前过。你回去收拾收拾,我带你找亲妈去。"我信以为真。

我的确跟妈长得不太像,妈妈是双眼皮儿,我是单眼皮儿;妈妈是薄嘴唇,我是厚嘴唇。我哭着回家收拾衣服,要去找亲妈。大嫂说:"没见过恁式的孩子,咋怎不识逗的。"

后来我才知道,村里小孩都被大人逗说不是亲生的,瞎话编得五花八门,就再也不信了。

爸爸说我从小爱哭,哭起来没完。大哥逗我,说想要啥你就哭,一哭咱爸就给你买。上大学时,大哥仍爱逗我,他说:"咱爸重男轻女,你要是男孩,考上大学,家里肯定买一头猪杀了待客。"我回家哭闹,说爸妈不疼我。我一边哭,一边甩胳膊,把爸爸的胳膊都甩了一块青。爸爸看着我哭,还高兴地笑。妈妈对我没耐心,嫌弃地说:"到底有啥委屈?亲爹亲娘的!"妈妈一岁时姥爷去世,她结婚时姥姥也去世了。她觉得我这么大了,还有亲爹亲娘,有啥委屈?

说个婆家

小女孩最羞的事，莫过于大人说："给你说个婆家。"我家东边是村里的仓库。一年夏天，空着的仓库住进一家三口人。男的叫周武，木匠，女的在家带娃。他们是二十多岁的年轻人。周武说话彬彬有礼，不像木匠，像个老师。他媳妇说话绵软温柔，他们的小女儿七八个月，眼睛大大的，很可爱。他是当队长的继承表叔的朋友。

仓库前的院子里，有个邻居盖房时挖的大石灰池子，一米多深。夏天池子里积水，周围小孩常到里面洗澡、玩耍。周武媳妇的妹妹帮姐姐带娃。傍晚，她到石灰池子里洗澡，把周武的小婴儿也放水里，用毛巾轻轻给孩子擦身子。她托着婴儿在水里，像托着一个西瓜。

我喜欢抱这个女娃玩，喜欢听周武媳妇与耕田表婶唠嗑。有一次，周武媳妇对耕田表婶说，县城学校里，有十五岁的男女学生谈恋爱，女孩怀了孕，冬天衣服穿得厚，家人没发现。快生了，男孩向家长要钱，家长才知道。她说这话时，朝我看了几眼，我很不开心。我知道这是坏事，她不该说话时看我。

我跟她家人熟了，就顽皮起来，把周武媳妇晒的大棉袄披身上，又穿她妹的高跟鞋，站她家凳子上演戏。周武媳妇看我很活泼的样子，逗我说："给你说个婆家吧。"她的话一下子惹恼了我，我瞪着眼，连珠炮似的反击说："给你妹找个婆家吧，给你女儿找个婆家吧。"周武媳妇没想到我反应如此强烈，显得很尴尬。后来她对耕田表婶说，看我那么活泼，原来"不识玩（逗）"。她不知道，我们小孩子认为"说个婆家"是类似骂人的话。对我来说，活泼是假象，骨子里我是个敏感内向的孩子。

此后，我没再去周武家玩过。冬天下雪时，周武一家搬走了。

打防疫针

小时候，我们每年打防疫针。我喜欢看打防疫针的护士们，她们是一群二十来岁的实习生，白净清秀，身材苗条，青春四溢，套一件飘逸的白大褂，像白衣天使。她们到哪儿，哪儿就充满了生机活力。

给我打针的女护士，胸前挂一串钥匙。她弯腰打针时，轻轻一甩，钥匙像辫子一样，甩到背后，动作十分优雅。

耕田表婶的堂妹是护士之一，这个五官俊美，身材高挑的年轻姑娘，因父亲是县医院的外科医生，所以在医院当实习生。表婶用凉拌豆腐葱蒜、鸡蛋煎饼、大米粥待客。她们在院里吃饭时，我趴在窗户上，痴痴地看着那位窈窕的白衣天使出神，感觉她很像我家《麻姑献寿》画里的麻姑。她的白衬衣里，透着小背心的两个细细的背带。城里的年轻女子，都穿这样的白背心。我想，等我长大了，也让妈妈给我做。

有一次学校打防疫针，护士在每人左胳膊上画了个"井"字。后来听说，下次可能划"冈"，再下次划"山"，凑成"井冈山"。夏天，流言来了，说防疫针药水有毒，打过针的孩子都活不到17岁，家长们人心惶惶。妈妈天天煮南瓜绿豆粥，给我解毒。一时间，南瓜成了香饽饽。每晚睡觉前，妈妈端一碗南瓜绿豆汤，看着我一口口吃下去，她的眼里，有无限的担忧和爱怜。

门市部的红布被抢光了，家长给每个小孩做了红短裤。人们认为，红色可以辟邪。后来证明那是个流言。当年打过防疫针的孩子如今都活得好好的。

但那些女护士们的青春丽影，却深深印在了我的记忆里。

我是"侠女"

　　电影《少林寺》刚在县城电影院上映时，爸爸单位发了两张电影票，爸爸妈妈不舍得看，让大哥领着我去看。吃罢晚饭，妈妈特地给我换上了过年时做的新衣服。我跟着大哥来到电影院，找到座位才发现，旁边坐的都是爸爸的同事，我顿时觉得不自在起来。有一位瘦高个子的龅牙叔叔和他瘦小的龅牙老婆，坐在我旁边，龅牙叔叔认识我，我去爸爸单位时，叔叔们老爱逗我："这不是俺家的小丫头吗？"我紧张地低着头，一言不发，只希望电影快点开演。我是个在乡下野惯了的孩子，在城里人面前，有点自卑。听爸爸说，龅牙叔也有个宝贝疙瘩女儿，大我一岁，从小跟着她爸在城里上学，像城里孩子一样阳光大方。许多年后，听说龅牙叔叔提前退休让女儿接了班，为此得罪了几个儿子，退休后，老两口都不敢回乡下的儿子家里住。

　　《少林寺》给我印象深刻，"酒肉穿肠过，佛祖心中留"，少林武僧边吃鸡肉、喝酒，边打醉拳的潇洒形象，以及"举起鞭儿轻轻摇"的牧羊少女美妙甜美的歌声，都让我如痴如醉。之后，我每天在院子里挥舞一根木棍练武。放学路上,我看到一群比我小的男孩,就说自己是侠女,然后把他们一个个推倒在地,他们见了我就喊我"杨排风"。

看了电影《白莲花》,我更激动,希望自己也能成为一个英姿飒爽的女英雄。我想她叫白莲花,我就叫山菊花吧。没想到,后来有个电影也叫《山菊花》。我迷上了看武侠小说,想把名字改成"剑红"。后来我看一部电影《女驸马》中,有个大侠就叫"一剑飘红"。

我在收音机里听到少林寺招俗家弟子时,恳求爸爸送我去少林寺学武。爸爸对我这个整天异想天开的女儿无奈得很。

我也曾渴望成为舞台上挥舞水袖、能歌善舞的演员。总之,我不安于现实,总渴望有一个让自己表演的舞台,成为众人瞩目的人物。

后来,在哥哥、堂姐的鼓励和引导下,我迷上了学习,成了一个书呆子、一个"学霸",最终考上了大学,算是聪明用到了正地方。回首来路,那些年少无知岁月里的囧事,虽然有点荒唐,却让我十分难忘和留恋。

第三章 希望的田野

我们的小时候

:)

　　"什么结子高又高？什么结子半中腰？什么结子成双对？什么结子棒棒敲？""高粱结子高又高，玉米结子半中腰，豆角结子成双对，芝麻熟了棒棒敲。"这是电影《刘三姐》里的歌词。从小生活在农村，这些农作物我再熟悉不过了。

高　粱

　　高粱是我河南老家最高的庄稼，又名秫秫，属高秆作物，是主要的秋粱作物之一。它的子结在头顶，高粱穗子沉甸甸垂着，像个思考者。脱去籽的高粱穗，像生产过的产妇，一下变得空落落、轻飘飘的。母亲挑选其中一些，连同一尺长的秆一起剪下，握手里，约莫一把粗时，用细麻绳把秆捆扎起来，隔两寸捆一圈麻绳，末尾处裁剪整齐，一把刷锅、刷碗用的刷子就做成了，我们称这刷子为"炊帚"。

　　高粱穗还可以扎"老绑"（扫帚）。扎"老绑"时，杆要留七八十厘米长，隔三寸用较粗的麻绳或铁丝箍一圈，穗子分绺处用细麻绳系紧，扎成扇形。扎"老绑"要用大力气，通常是男人的活儿，也是一项技术活。小时候，村里家家都用"老绑"扫地。

家里的锅盖，盛放饺子、馒头、面条的箅子，都是高粱秆做的。取紧挨穗子的部分一米左右，光滑无结节，可以作为备用的"莛子"。妈妈纳箅子时，先把两根"莛子"比一个十字，十字中间扎下第一针，然后沿十字向两侧用针线将高粱秆紧挨着缝在一起，上下两层，方向相反，稳定性好，不会歪斜。最后用一截高粱"莛子"量好锅盖的半径，扎在中间位置，一边挪移作为半径的"莛子"，一边用刀在案板上截掉多出的部分，圆圆的箅子就成了。这种箅子至今还用。妈妈总把饺子在箅子上一圈圈摆整齐，她说："再忙，不能让饺子乱了行。"

取高粱秆两米长，去叶，可用麻绳织成"箔"，铺床板上相当于现在的床垫。"箔"上不能直接铺褥子，硌人，上面要铺麦秸编的"苫子"，"苫子"上再铺上高粱秸编的席，就又舒适，又光滑。

我看到过大堂哥在院里织"箔"。他先搭架子，两根木棍交叉放地上，上面的叉小，下面的叉大，交叉部位用绳子固定。再做一个同样高度的叉，两叉距离等于床的长度。在两个叉上绑一根横杆，架子就搭好了。堂哥拿两根高粱秆，比画齐整，用绳子绑在横杆上，再放两根高粱秆，再绑。织"箔"的麻绳头上绑半块砖头，让绳子垂下来，一般有三行或五行，忌讳四行，缝被子的也有此忌讳。"箔"从横杆上慢慢垂下来，够一张床宽时，打结取下来。这种"箔"透气，没甲醛，环保又实用。就地取材，没什么成本。

高粱秸编席，要经过剖、轧、敲、刮等程序。挑好的高粱秆去外皮，用刀子将杆竖着剖开，之后放地上用碌碡轧平整，再敲打秸秆，用刀把秆芯去掉，剩下秸秆皮用来编席。编席是女人的活儿。堂姐和堂嫂编席时，我爱在旁边看。二堂姐结婚用的席子，中间位置用秸秆皮的红色，编出了一个大大的"囍"字。这种高粱秸席，夏天睡凉爽宜人，还可以揭下来铺院里乘凉。一领席用多年，席子旧了会有翘起或开裂，锋利的席茬会扎到人。听说现在，有老家的一些茶馆、农家乐饭店，用高粱秸席做装饰材料。

高粱叶子宽宽长长的，像南方的竹叶，青绿时也可用来包粽子。也可以打一些喂牛，不会影响高粱生长。大人也常常用青高粱叶子给小孩编老鸹窝玩。晒干的高粱叶仍有养分，打碎了可以作为牛马的饲料。农村人常打一些高粱叶，晒干了，捆起来，挂在屋里的墙上。蒸馍时，取几片高粱叶在水里泡软了，铺在馍馍下面，蒸出的馍味道好，还省蒸馍布。

高粱用途广泛，全身是宝。只是对小孩来说，高粱的根部不能像玉米甜秆一样，能嚼出甜汁。

学校所在的村子里，有一家人会用高粱酿酒，我们跑过去看，他家院里晒着做酒用过的高粱皮，泛着一股酒味和酸味。

放学路上，我们边走边唱《毛委员和我们在一起》："红米饭那个南瓜汤哟咳罗咳，挖野菜那个也当粮罗咳罗咳，毛委员和我们在一起罗咳罗咳咳，餐餐味道香味道香，咳罗咳……"歌词里的红米饭就是用高粱米焖的干饭，高粱米是红色的，高粱饭也叫红米饭。高粱面窝头也是红色的，高粱为中国革命做过贡献，唱这首歌时，革命前辈艰苦奋斗的乐观主义精神，让我们对生活充满了热爱。

麦　田

老家种冬小麦，秋播夏收。冬天麦苗半尺长，一棵一墩，绿油油的，在寒冷的空气里精神抖擞。此时麦子要避免太旺，"麦无二旺，冬旺春不旺"。有一年寒假前，老师领着我们这些小学生，到学校所在村子的麦田，让大家在麦地里翻跟头、打滚，压一压麦子，让它长慢点，留着养分供春季扬花、灌浆。麦子还没抽嫩茎，跟韭菜叶很像的麦苗，柔软轻盈，耐得住小孩的折腾。蓝天白云下，我们在麦田打滚嬉闹，无比开心。

放学回家，我挎个小筐去麦地剜野菜、猪草。小朋友们在麦田又相遇了，游戏接着进行。麦地里荠菜、面条菜、毛妮菜下面条里、玉米糊里，都好吃。整个冬季，只要天气晴朗，我们都爱去麦地。麦田是农村孩子的乐园。天那样蓝，云那样白，空气里透着麦苗和青草的气息，绿色的麦浪随风一波一波汹涌，像碧波荡漾的大海，我们的快乐无拘无束。

邻居晴嫂子结婚那天，我跟着接新媳妇的队伍看热闹。走到村后麦田边时，老来大爷说我家麦地有头猪，我跑地里赶猪。等来到新娘子的新房,小朋友们已把新媳妇撒在洗脸水里的硬币抢光了,喜糖也抢光了。院子的地上一片红红的炮纸碎片。新娘子笑着塞给我两颗冰糖。我有点害羞,拿着糖跑出去了。

我家的地跟大伯家、堂哥家的都挨着。割麦时,大家一起干活。堂哥、堂嫂、堂姐,还有我大哥、大嫂、小哥,一干人等排成一排,镰刀唰唰向前进。我在地里跑来跑去,希望捡几个鸟蛋,找几个熟马泡,或捉个蚂蚱。听说麦地里有野兔,有人割麦时就逮着一只兔子。

大人们一边割麦,一边闲聊。大堂哥、大堂嫂抱怨大伯偏心。二堂哥爱说他吃过的苦。我大哥爱回忆他小时候吃面包时,村里孩子围着他接面包渣的情景。二堂姐笑眉笑眼的,不爱说闲话。

人家都汗流浃背地割麦子,我二哥披一件黑棉袄过来了,他正发疟子,不能干活还得吃好的。有人怀疑他装病偷懒,因为他上高中时曾装过头疼。

我提一只罐头瓶到井边打水,割麦的人走过井边,都要咕咚咕咚灌一气凉水。井水清凉甘甜,比现在的自来水好喝。井边是人们歇脚聊天的场所,也是孩子们凑热闹玩耍的地方。

这个场景我印象深刻，为此我写过一首诗《麦子》：

远离家乡/我尝到了乡愁/乡愁是童年的幸福时光/田野是一幅风情画/山林是一首抒情诗/反刍的老牛，满口白沫/讲述着/土地和粮食的故事

庄户人的汗水，洒进泥土/长满了，金色的麦子/锋利的镰刀/风一样从麦田扫过/庄户人的心/就灌满了蜜

太阳热情过了头/显得有些毒辣/我一趟趟奔跑在/麦田水井之间/给割麦的人，送去清凉/黄杏儿，在枝头招摇/偶尔我也到树下/解解馋，偷会儿懒

如今的我，常在梦里/看到慈祥的父母/看到古朴温情的村庄/那一望无际的麦田

拉麦时，要把麦捆摞架子车上，二堂嫂坐车上接麦捆，堆得老高，大伯母把堂侄儿送来吃奶，二堂嫂坐在麦垛上，接过孩子喂奶。我很担心她掉下来，她却气定神闲，一点儿也不担心。

麦子拉到场面上，厚厚地铺在场上。大伯驾驭着一头秃尾巴水牛，拉着石磙在麦子上一圈一圈轧，把麦粒轧出来。轧得差不多了，用木叉子翻场，把麦秸和麦子分开。

麦子堆里，有很多麦糠和灰尘，要用木锨扬场，把麦糠与麦粒分开。

被轧扁的麦秆成了麦秸，垛成一个个小山样的麦秸垛。爸爸下班来帮忙，大哥说爸爸干活不中用，爸爸没脾气，也不生气。没想到惹恼了大伯，他掂着叉子追着打我大哥，说他对老子不敬。

我家和大伯家合伙收麦大概只坚持一年，以后就各家管各家了。

哥哥、嫂子去地里割麦，我给他们送水喝。中午他们回去吃饭，我在地里看麦，麦子拉走后，我用耙子把漏掉的麦子搂成一堆。我拉着耙子在地里一趟一趟地走，像一遍一遍复习背诵的课文。我对收麦的贡献仅限于此。后来上学，我也没机会割麦。对农活我只是旁观者，没真正体验过劳动的强度和辛苦。

村后一条柏油马路，村里人在路上晒麦子。收麦时，我负责撑口袋。妈妈性子急，天快下雨时，我撑口袋，她往口袋里灌麦子，因为心急，她瞪着眼咬着牙，一副想发火的样子，让我有点害怕。晚上爸爸下班回来，我告状说妈妈一生气就咬牙。爸爸笑着对妈妈说："你个老东西，等小妮长大了，一推把你推一跟头。"爸爸有时跟妈妈开玩笑，但一辈子没跟妈妈红过脸。妈妈打小哥时，小哥一边跑一边咬着牙恨恨地说："老了再讲唉。"后来妈妈年纪大了，儿女孙辈也都孝顺。妈妈个子不高，干活没力气，二哥结婚后，妈妈就不用再下地干活儿了。

我比大侄大几岁，他和侄女接触农活机会更少，搂麦子、挖野菜、割草、放牛他们都没干过。我们村地少人多，农活有限。家里人给我灌输的观念是，只管好好读书，什么活都不用干。

其实我后来努力学习，也有逃避农活的因素。割麦子时，天气很热，锋利的麦芒在身上划出一道道细细的血痕，又痒又刺挠，被汗水一渍，又疼得不行。割麦的人累得直不起腰，还要忍受麦芒的折磨。但几千年来，对于日出而作，日落而息的农民来说，这种苦累是一种享受，收获的喜悦超过一切，一年辛苦就盼着这场丰收。小麦打得多了，白馍就随便吃。

听说村里曾有位老人，嫌儿子吃红薯扔皮儿，骂道："再让我看见你吃红薯扔皮儿，破鞋蘸狗屎打你脸。"

上小学后，语文老师爱嚼文嚼字，他在课堂上念过"吃食堂"时的顺口溜："清早的馍，两人一个，中午的面条捞不着，黑了（夜晚）的汤，照月亮，小孩喝了光尿床,爹也打,娘也搣,都因为吃了大食堂。"也念过"大跃进"时的顺口溜:"麦秸垛高入云天,我盘脚盘坐上边,伸手可摘白云朵,对着太阳点着烟。"

玉 米

作家路遥在小说《平凡的世界》里,写了孙少平读高中时,学生吃的馍"分三等:白面馍、玉米面馍、高粱面馍;白、黄、黑,颜色就表明了一种差别;学生们戏称欧洲、亚洲、非洲。"

玉米又叫苞谷、玉蜀黍,是主要秋粮作物。它属五谷杂粮。五谷指稻谷、麦子、大豆、玉米、薯类,人们习惯将米和麦面称为细粮,把米麦以外的粮食称作粗粮或杂粮。杂粮单纯吃,口感和营养比不上小麦和大米。小麦面馍叫"好面馍",玉米面馍、高粱面馍、红薯面馍统称"杂面馍"。

大哥是爸妈最疼爱的孩子,在家享有特权。他高中毕业当了工人,每天早晨上班前,妈妈都给他蒸一碗米饭吃。有一次,妈妈给大哥煮一碗汤圆,分了我两三个。妈妈说汤圆小孩不能多吃,粘肠子。

爸爸宠我，下班常给我带白馍，是一两的长方形蒸馍，透着一股酵子香。吃玉米面馍、红薯面饼子的二哥和小哥十分不满，抱怨我家是"两头两个挑花的，中间夹俩打包的"（"打包的"就是不得宠的、受气的）。

我不爱吃饭，几岁了还缠着妈妈吃奶。小哥上学时，背我到地里找妈妈吃奶。

听说二哥、小哥早上吃红薯面疙瘩汤。小哥烧火，二哥把半碗红薯面糊往锅里滴成一个个疙瘩。做好后，二哥抢先盛稠的，小哥抢不过他，只能吃稀的。

玉米花开在头顶，朴素得很。玉米棒的顶部有缨子，嫩时鹅黄和玫红相间，棒子老了，缨子就变成了咖啡色。小孩都喜欢把玉米须含在嘴里，假扮戏里人的胡子。

我喜欢凑热闹，别人去割草，我也去，玉米地里闷热，玉米叶拉得胳膊腿上都是细口子，被汗水一渍，丝丝地疼，玉米缨子刺挠得人难受。傍晚，人家把割的草用绳子一捆，背上。我也把自己割的猫腰样粗的草捆背上，乐颠颠回家了。

妈妈蒸馒头时，让我打几片玉米叶铺馒头下面。就地取材，做出的饭菜很好吃。

掰玉米是令人兴奋的事。一大早，我刚睡醒，妈妈掰玉米回来，拿几个一尺多长的"甜秆"给我吃。"甜秆"是玉米秆的根部，有甘蔗的甜味。玉米结子半中腰，一棵玉米结两个棒子。棒子小的玉米秆可能甜，因为养分没消耗完。但有一种"品种玉米"，棵子长得肥壮，玉米秆根部却有骚气，不能当"甜秆"吃。村里小孩去玉米地里割草，偶尔偷砍一棵"甜秆"解馋。掰玉米时，大家都可以到地里，在砍倒的玉米秆里寻"甜秆"，吃得过瘾！

玉米面饼子通常是把玉米面掺水和成面团，添半锅水，锅烧热后，抓一团玉米面团，压在锅沿上，圆圆的，像鳖盖，叫"老鳖靠锅沿"。锅里可烧水，也可熬菜，菜好了，饼子也熟了。据说，锅里熬小鱼时，贴的玉米面饼子最好吃，不过我们小时候很少吃荤，妈妈熬菜常熬南瓜或冬瓜。

玉米渣很香。熬玉米渣要放碱，小火慢熬，熬得又香又糯。如果里面放点野菜，加点盐，就更好吃了。煮熟的嫩玉米棒黄灿灿的，吃起来劲道柔韧，有一股清甜。现在，嫩玉米棒成了城里的零食小吃。宾馆还把嫩玉米打成浆，当饮料卖。

剥玉米是累人活儿，一大堆玉米棒子，小山一样，看着让人发愁。玉米棒晒干后，要手工脱粒。二哥把一个推子放在一个大木盆里，拿一个玉米放上面推一下，推掉一行玉米粒，隔几行推一下，然后扔盆里，妈妈、二嫂就搓推过的玉米棒上的玉米粒。我想跑出去玩，二哥说讲《西游记》给我听，我就留下来跟嫂子一起搓玉米粒。二哥记忆力好，讲故事很生动。有小朋友来找我玩，也和我一起剥玉米粒，听二哥讲《西游记》。

邻家艾香表婶连生三个女儿，不甘心绝后，东躲西藏，终于生下个儿子蛋蛋。也许他们为生儿子吃了太多苦，对蛋蛋并不娇惯。家里被计划生育罚得一穷二白。表叔表婶领着大的女儿出去打工，临走交代七八岁的蛋蛋点玉米种时，用手量着，一拃一棵。等表婶回来收玉米时，玉米棒子小得可怜。小孩的手小，一拃距离太近，玉米稠了，结的棒子自然就小了。

玉米秆、玉米芯、玉米根，晒干了都可以烧锅，玉米叶还可以编草垫子。我曾丢过玉米种，嫂子刨一个坑，我往坑里丢三四个玉米粒。玉米苗一尺高时，要剔苗，一个窝留一棵苗。剔掉的玉米苗喂牛羊，但牛羊吃多了玉米苗，会发撑。

大　豆

我们平常俗称的"五谷",指的是五种谷物:稻、黍、稷、麦、菽。五谷文化是人类文明的起源。人类将野生杂草培育成五谷杂粮,是人类史上的一个壮举,五谷孕育了人类文明。五谷中的菽,是豆类的总称,"大豆曰菽,豆苗曰藿,小豆则曰荅"。豆类制品是中国百姓们喜欢的食物之一。

在我老家河南,大豆,又叫黄豆,是主要的秋粮作物,收罢小麦种豆子。大豆6月上旬播种,9月中、下旬收获。据史料记载,1981年,全县种植大豆面积达54.6万亩,总产5219万公斤,创历史最高水平。

大豆的生长过程中,有两种威胁。一是菟丝子,二是豆虫。

菟丝子是豆地里一种有害的杂草。它是一年生寄生草本,黄色,纤细,直径约1毫米,无叶。它曲曲连连的须子,缠绕着豆棵,汲取豆棵养分,让豆子减产,甚至把豆棵缠死。菟丝子又名豆寄生、金丝藤。豆棵一旦感染菟丝子,很快蔓延一片,所以要及时手工剥离。小时候,我曾跟着大嫂一起去豆地里剥菟丝子。一片菟丝子，要蹲半天才能弄干净。它的断茎会发育成新株，所以剥下的茎段，要带出去扔掉，最好放路上晒干。

菟丝子外形妖娆，缠缠绵绵，在文学作品中是爱情的象征。古诗十九首中，有写菟丝子的诗句："冉冉孤生竹，结根泰山阿。与君为新婚，菟丝附女萝。菟丝生有时，夫妇会有宜。"

长大后，我吃过的一种妇科中药里，有菟丝子成分。我百度查一下：菟丝子甘、温，归肾、肝、脾经，具有滋补肝肾、固精缩尿、安胎、明目、止泻的功效，始载《神农本草经》，被列为上品。没想到，令人厌恶的菟丝子，有那么多优点。植物之性竟然与人性一样复杂多样。

想起菟丝子，那金黄色的勾勾连连的样子，仿佛还在眼前。为此我写了一首诗《菟丝子》：

你诗一样的触觉，延伸/向着你钟爱的植株/相遇，相拥/你有万种柔情

你像风姿绰约的女萝/用纤纤玉指/挽出，一个个吉祥结/开出，一朵朵妖娆花

你多情的种子/也深谙,爱的密码/推开潮湿泥土的一瞬/一个春暖花开的童话/开始萌芽

豆地还有一害,是一种肥胖的豆虫,体长90毫米左右,黄绿色,头部一黄绿色突起,身下有两排小足。大人去地里捉豆虫时,拎个布袋,把藏在豆棵茎秆部位的豆虫捉住,放布袋里,半天能捉一两斤。回到家,把这些肥胖的豆虫倒地上,让鸡们美餐一顿。我不敢捉豆虫,看着地上蠕动的肥绿的虫,我有点怕。

豆虫是优质蛋白质资源,营养价值丰富,有抗衰老、增强免疫、保护心脑血管、抑制前列腺炎,以及驱寒养胃等多种功效。只是小时候,我们不懂这些。虽然大家很少吃荤,却没人吃这种虫子。

大豆快要成熟时,小孩子们喜欢拔一些豆棵烧毛豆吃。记得一个历史故事,说的是明朝开国皇帝朱元璋,他小时候是个穷放牛娃,当皇帝后,两个发小来投奔他,回忆小时候偷地主家的青豆,放瓦罐里煮来吃,结果豆子还没煮好,砂锅就被打碎了,朱元璋抓起地上的豆子就往嘴里塞,被呛得差点上不来气,同伴抓一把青草塞他嘴里,才把他救过来。其中一个发小当着文武百官的面实话实说,让朱元璋很没面子，结果朱元璋就把他杀了。另一个发小同样是回忆小时候煮毛豆吃的事，他却巧妙而含蓄地说："当年微臣随驾扫荡庐州府，打破罐州城。汤元帅在逃，拿住豆将军，红孩子当兵，多亏蔡将军。"朱元璋听了心中高兴，就重赏赐了这个玩伴，还给他做了一个不小的官。这个故事关乎说话的艺术。对于农村出身的孩子来说，几乎大家小时候都吃过烧毛豆。

农村的小学，收豆子时会放秋假。收割过的豆地里、打豆子的场里，还会有一些豆粒残留。一场雨过后，一寸来长的豆芽就拱出来了。我们一人扛一个小筐，去地里和场里薅豆芽，新鲜的豆芽炒着吃，十分美味。

我喜欢吃妈妈用豆面擀的杂面条。我也吃过村里喂牲口炒得半生不熟的料豆，自然也吃过豆腐、豆腐脑、豆腐乳。妈妈说，以前的人穷，豆腐一年难得吃几次，农民称豆腐为"白马肉"。

有一年，流行豆子做的"人造肉"，家家都买来炒吃。"人造肉"都跟猪瘦肉相似，口感和营养也不错。

现在的人们，肉蛋鱼虾等优质蛋白都不缺，但豆制品仍受欢迎。豆浆、豆腐、豆油，人们几乎天天吃。大豆的营养功效很多，比如可以加工豆腐、豆浆、腐竹等豆制品，可以提炼大豆异黄酮。

豆粉可以代替肉类的高蛋白食物，可制成多种食品，包括婴儿食品等。对于大人来说，大豆含植物性蛋白质，吃黄豆补蛋白，可避免吃肉胆固醇升高的问题。它所含的植物雌激素，能改善皮肤衰老。人们吃豆制品，还可以增强人体免疫机能，抑制多种癌症。

高粱、小麦、玉米、黄豆是四大粮食作物。除了这些，还有夏杂和秋杂。夏杂有大麦、豌豆、扁豆、蚕豆等。豌豆多与大麦或小麦混种。秋杂即秋季小粮作物，有绿豆、豇豆、小豆、荞麦等。

红　薯

据说古时候，穷苦农民常吃不上饭，一位叫陈振龙的人冒死从国外带回一根红薯藤，因为当时菲律宾禁止出口红薯。红薯因此在中国大地扎下了根。饥荒年代，这种朴素的块茎，曾救过无数人的性命。

红薯又名甘薯、番薯，栽培时间为春夏两种。史料记载，1974年，我们县红薯总产折粮2202万公斤。1981年后，小麦、玉米、油料和其他经济作物面积不断扩大，红薯面积略微减少。

红薯是家里的主食之一。红薯吃法很多,蒸红薯是家常便饭,熬玉米渣里放红薯块叫"鲤鱼穿沙"。冬天,妈妈的手冻得裂很多血口子。她用手撩水洗红薯的样子,我记忆犹新。

红心红薯生吃很甜,蒸熟了稀软。干面红薯熟了像板栗一样淀粉多,沙甜,但吃快了容易噎住。噎住了不能大口喝水。要等会儿,喝一小口水,慢慢往下送。堂侄小时候因吃太烫的红薯伤了肠胃,还进过医院。红薯面饼子有甜味,但太粘,又是死面,不太好吃。

刨红薯时节,家家屋里一大堆红薯。红薯可以窖藏,也可以推红薯片,晒红薯干。红薯干耐放,随吃随煮,味道不错。

晒红薯干在自家院子里、空地里、打麦场上、柏油路上晒,或用架子车拉到农修厂或糖库的水泥地上晒。晒半干时,翻一翻面。最怕遇上连阴天,红薯干会霉变坏掉。有一年,我家在农修厂的水泥地上晒了很多红薯干,晚上突然下雨,大哥拉架子车,大嫂、二哥、妈妈帮忙捡红薯干,装满一车,往农修厂食堂拉,食堂已被占满。大哥拉着车赶到村南的糖库,把车放在了糖库的库房里。

红薯生长过程中，秧子要翻多次，免得秧子扎根太多，结的红薯小。小学校有位民办女教师，她爱人在外地工作，她忙于教学，家里的红薯地错过了翻秧，刨红薯时才发现，结的都是拇指粗的小红薯，被村里人当了个笑话讲。

番薯是一种高产而适应性强的粮食作物，块根除作主粮外，也是食品加工、淀粉和酒精制造工业的重要原料。红薯淀粉食用范围广，与面粉混蒸凉皮，或单独烙饼、搅凉粉等。

红薯淀粉熬的凉粉，用蒜汁调了，很好吃。红薯磨成浆，晒干了做成粉面。熬凉粉时，一碗粉面、六碗水，一边小火熬，一边不停搅拌，搅成透明胶状时就好了，盛到盆里凉凉、定型，切时，把盆子扣案板上。一整块圆形凉粉很好看，切成条，用蒜汁凉拌，吃到口里软软滑滑的，有一点弹性，是我最喜欢的红薯吃法。

红薯粉也可以做粉条。先倒一些红薯粉在盆子里，然后慢慢加开水，边加边搅拌，搅拌成胶状后，掺一定比例的生粉和成软面团状，然后一坨一坨地放到一个自制的漏粉容器里，粉条漏下，直接落进滚烫的开水锅里，烫熟了的粉条用木棒挑出来晾晒干，就成粉条了。做粉条需要专业的工具和人，我们村没人会做，我去舅姥家时，见过他们村的人做粉条。现在，人们做饭时，常把红薯淀粉与各种肉类混做食丸。

红薯是粗粮，但浑身是宝。红薯叶、红薯秆都能吃。妈妈擀面条时，常让我去地里掐一把红薯叶作下面菜。红薯叶切碎，拌了面，在锅里蒸熟了，倒上蒜泥搅拌一下，好吃得很。红薯秆炒着吃、味道微酸，也不错。

明李时珍《本草纲目》载："番薯具有补虚乏、益气力、健脾胃、强肾阳之功效"。成年不吃荤腥吃红薯的乡下人，孩子也一个接一个地生。听说"三年困难时期"过后，村里红薯大丰收，年轻妇女被红薯滋养，爆发了前所未有的生育力，村里一下子添了十几个小孩，这些孩子被称为"红薯娃"。

《金薯传习录》云：红薯能治痢疾、酒积热泻、湿热、小儿疳积等多种疾病。的确，红薯养大的乡下人，很少生病。只是吃了红薯，放的屁很臭。作家贾平凹在他的散文《我是农民》里写道，他父亲平反后，一家人吃了顿饱饭，饭后他父亲欣慰地说，娃放的屁都有臭味了。红薯屁臭，是不是说明红薯很有营养呢？

红薯藤也不能浪费，挂院墙上，晒干了可以打成料，用来喂牲口、喂猪。

冬天很漫长，小孩子除了游戏，也去刨过红薯的地里，找漏挖的红薯，这种活儿叫"遛红薯"。有经验的孩子，一锨下去，能挖出个红薯，半天能挖十多个。有的红薯被雨淋或沤了，一股坏味。"麻秆儿"爱吃半坏的红薯，说能吃出橘子味儿。我"遛红薯"常常白跑腿，一无所获，不过跟大家一起玩也挺开心。

红薯是一种营养齐全而丰富的天然滋补食品，还是很好的减肥食物、长寿食品、治病良药。日本科学家研究发现薯块中含有一种胶原黏液蛋白，能有效地防止动脉血管粥样硬化。

如今，小时候司空见惯的红薯叶，被称作抗癌的绿色蔬菜，饭店里一盘炒红薯叶要十八元。蒸玉米、红薯等杂粮，也成了宾馆的一道菜，美其名曰"大丰收"。

此外，村里还种油菜、花生、芝麻等油料作物，于是就有了菜籽油、花生油、芝麻油等。确山的小磨香油是地方特产，不仅榨油工艺好，也因芝麻品质好。花生除了榨油，还可生吃、煮熟吃，或炒熟吃。

村里人也种棉花、麻类等纤维作物，棉花用来做棉被、棉衣，纺棉线做鞋等。麻类主要是用来搓麻绳，粗绳、细绳用途不同。土地承包后，很多人家种烟草，三里庄有炕烟叶的土炕。我们村的人，把烟叶送到那里炕。烟叶打回来，要用细麻绳绑到杆子上，为增加重量，特意将烟叶蒂部绑上。手脚麻利的人，绑烟叶时两腿夹着棍子，两手不停拿烟叶、绑烟叶，动作轻巧又好看。

小时候，田野带给我的是收获和希望，更是一望无际的快乐和喜悦！

乡村的娱乐

第四章

我们的小时候

:)

　　童年的乡村，娱乐方式主要是看电影、看戏、听说书、听收音机，人们通过这些途径，娱乐自己，了解社会和历史。

看电影

乡下的孩子都是电影迷。广播里通知大队部晚上看电影,那时家家都装有广播,样子像个盘子,挂在大门上面。各村的孩子天不黑就扛着长凳、短凳、椅子,浩浩荡荡向大队部进发,为的是抢占好位置。

大家兴奋地一边走,一边叫对方的绰号,绰号都是电影里的人名,一路说说笑笑,你追我撵,热热闹闹。

到了大队部,老远看到两棵树中间四四方方的白色屏幕,大家迅速抢占最佳位置,把凳子放好,就可以玩耍了。男孩子去偷大队林场的柿子、杏梅,女孩子则蹲在地上抓石子,或用草做毽子踢。

小孩子大都饿着肚子来占座位，家长做好饭、吃了饭、收拾好锅碗才来，给孩子带个馍，还有洋葱头就馍吃。

占了好位的人，稳稳地坐着看电影，来晚的人在屏幕前空地上席地而坐。如果连站的地方也找不到，只好到屏幕背后看，人像是反的。记得一部电影里有句话"面包会有的，一切会有的。"我没吃过面包，不敢奢望每天吃面包、喝牛奶。

邻村有电影，村里人成群结队去看。电影刚结束，一片混乱，常有小孩找不到大人哭的。不论春夏秋冬，冷热寒暑，都不能阻挡大家看电影的热情。

有时大家步行十来里到某村，却被告知电影不演了，大家只好再走回来。迎头碰到同样来看电影的人，对方问什么电影，就答"白跑腿儿"或"磨鞋底儿"。

那时电影种类多，战争片有《小花》《梅岭星火》等；反思"文革"的电影有《第十个弹孔》《元帅之死》等；反映计划生育的电影《甜蜜的事业》等；爱情家庭剧情片有《爱情啊你姓什么》《他爱谁》《月亮湾的笑声》等；古装片有《追鱼》《姐妹易嫁》《卷席筒》《审诰命》《寇准背靴》《屠夫状元》等。

我们村离县城近，除了看乡村电影，县城电影院每换一个新片，我们也去看。小孩子逃票，先跟着大人混进场，中途查票时，家长让孩子蹲自己小腿中间，大点儿的孩子则躲到影院的厕所里。

"六一"儿童节，电影院的电影可以免费看。我印象很深的是一部外国名著改编的电影《悲惨世界》。

学校每学期会组织一次看电影。我没吃中饭就去县城了，先到爸爸单位，爸爸领我去他们的食堂吃了饭。又给我几毛钱买零食。我到街上买了稀软的红柿子，又买了炒花生。一边吃，一边往电影院走。

经过一个夹道时，见一个蓬头垢面的要饭妇女斜靠着墙，半站半蹲在那儿。几个穿得干净利落的城里老太太，有的拿梳子，有的拿馒头，有的拿衣服，想给那女人梳头，吃东西。一脸污垢的女人木头一样，无动于衷。我觉得城里人也是善良的。

大年初一，村里大人孩子都去电影院看电影。影院门口有卖甘蔗和五香瓜子的，买一截甘蔗、一包五香瓜子，边看电影边吃，别提多惬意了。哥哥说他们吃过卤兔子腿，只是我没见过，也没吃过县城的卤兔肉。

对于我们这些乡下孩子来说，看电影是我们了解外面的世界的一个窗口，也是我们最爱的娱乐项目之一。

看 戏

我是个戏迷。不论是乡下的草台班子戏,还是每年阴历三月二十八县城庙会戏台的戏,还是县城戏院的戏,我都能看尽看,一场不落。

离我们村六里的石头庄,每年夏天演几天戏。有戏的日子,我天天去石头庄看,一看一天。中饭和晚饭都在戏台边买点吃的,通常有豆腐脑、凉粉、白糖粽子等。

我也喜欢到后台看演员化妆,看他们台下的生活日常。那位在戏里演小姐的演员,其父亲是团长兼拉二胡。一位十二三岁的女孩给她抱孩子。她一下台,就从女孩手中接过婴儿。小女孩偶尔会穿上马甲一样的士兵服,到台上客串走几圈,让我十分羡慕。我多希望自己也能穿一次戏装,上一次戏台。有天晚上,我们看戏时没坐的地方了,就坐在了戏台上的一个角落处,看了一场《樊梨花》。

县城三月二十八庙会演四天的戏。戏台通常搭在县城的广场上,有时也搭在百货大楼东边的路上。

我一大早去县城,直看到晚上戏演完了才回家。中午吃凉粉、绵枣。吃饱了就与村里孩子和大人在戏台架子下乘凉。我印象较深的戏有《姐妹易嫁》《泪洒相思地》《墙头记》等。

晚上，我们一群小孩挤在戏台前看戏，发现在我们村住的一位医生老头也挤在戏台前看戏，他五十岁了，秃顶上有稀疏的短发。他的脸微胖，聚精会神看戏的样子，有点儿如痴如醉。这位医生是外地人，在我们村住了几年。村里有个人会配治妇女回奶的药方，药方是他家祖传的，传媳妇不传闺女。后来这位医生花二十元钱，买了那个秘方。

在县城的戏院看戏时，我最喜欢看戏台上三层帷幕徐徐拉开、又徐徐合拢的样子，显得优雅而高档，三层帷幕颜色分别为暗红色、墨绿色和白色，比草台班子的褪了色的大红或粉红帷幕漂亮多了。戏院演的戏有《三哭殿》《打金枝》《穆桂英挂帅》等。过年走亲戚回来，我就直接去戏院看戏，我的压岁钱几乎都买电影票和戏票了。

看了戏，我也会唱几句或几段。我妈是一位老戏迷，她看了很多戏，却记不全戏里的情结，也不会唱一句戏词。戏的主旨大都是惩恶扬善，这对我妈的人生观和价值观影响很大。她一辈子与人为善，在村里是一位德高望重的老人。可见文化育人功不可没，戏如人生，人生如戏！

听说书

夜晚村里小孩子大都玩游戏打发时间。玩踢毽子、抓石子、打扑克通常在麻婶家,或在"祝英台"婶子家玩,借着她们家电灯的亮光。跳绳子则到农修厂门口,那里灯光很亮,有较大的空场,大家跳大绳,跳小绳,一边跳,一边念着跳绳子的口诀。

村里常会来说书人。说书人一来,大人孩子都十分欢喜。大家挤到村里仓库的三间空房里。说书人坐中间,一边说,一边唱。一把坠胡,几片简板,张嘴就是动听的韵律。说书人以半农半艺的方式维持生活。村里许多老年人虽不识字,但通过听书,也知道前三皇后五帝的不少历史故事。

说书人一般在农闲来,一来就说几天。村里人家轮流管饭。说书当中常说"花开两朵,各表一枝",快结束时则说"若要……请听下回分解"。

我听的较多的书是《隋唐演义》《杨家将》《罗家将》《呼家将》,印象很深的是《呼延庆打擂》,说呼延庆身高力大,一步七尺半,两步一丈五。还有呼延庆的身世之谜。

呼延丕显之子呼延守用逃离京城时，于大王庄招亲，生子呼延庆。为免被奸臣所害，呼延庆称母亲为姐姐，叫外公父亲。他九岁时，听到"姐姐"在房内暗室烧纸痛哭，灵位是呼延丕显。他想知道真相，"姐姐"不告诉他，他就往井边跑，"姐姐"在后面追，他抱一块大石头投井中，然后在井边草丛躲起来，"姐姐"以为他跳了井，就哭着说出了实情。这时，呼延庆从草丛中出来，母子抱头痛哭……

《杨家将》的故事，豫剧里演得较多，比如穆桂英挂帅、佘太君百岁挂帅、十二寡妇征西、烧火丫头杨排风上阵杀敌、杨八姐游春等故事，几乎家喻户晓。我印象很深的是杨八姐游春中，佘老太君为杨八姐向皇上要的彩礼：一两星星二两月，三两清风四两云，五两火苗六两气，七两黑白烟八两琴音……天鹅羽毛织毛巾，蚂螂翅膀红大袄，蝴蝶翅膀绿罗裙，天大一个梳头镜，像那地大一个洗脸盆……

我妈妈非常爱听书，她喜欢听《杨家将》。遗憾的是，我在开封河南大学读研究生时，没有带妈妈去开封，看一看天波杨府和开封府。

20 世纪 80 年代中期以后，电视机家家都有了，说书人就不来村里说书了。

听广播

小时候，家家都装有一个广播，广播室在大队部。大嫂的妹妹小乔姐是播音员。她有时播通知，比如通知大队各村需要去结扎的妇女的名字等。广播定时播放新闻和音乐歌曲，每天下午，广播里都播《绣荷包》乐曲。听多了，我虽不知道歌名，但旋律已记住了。

收音机普及后，大家喜欢听收音机，想听就听，不想听就关掉，想听什么节目听什么节目，非常自由。广播渐渐被淘汰了。

每天下午六点半，是"小喇叭"广播时间。"嗒嘀嗒、嗒嘀嗒、嗒嘀嗒——嗒——滴——；小朋友，小喇叭节目开始广播啦！"我最喜欢听小喇叭广播。小喇叭是中央人民广播电台的一档著名少儿节目，广播内容是故事、儿童歌曲、儿歌、儿童广播剧等少儿文艺节目，是我童年生活回忆的重要组成部分。

只是，我听小喇叭时常会想象，城里的孩子一定穿得花枝招展，扎着漂亮的蝴蝶结，无忧无虑地笑啊跳啊。一想到这，我就有点儿自卑，有点儿心疼自己寒酸的童年。

收音机里播放《三国演义》《西游记》《水浒传》《岳飞传》《人生》，每天按时听广播是村里人的习惯，做饭、吃饭、干活儿都不耽误听。

收音机里播放流行歌《牡丹之歌》《妹妹找哥泪花流》《泉水叮咚》《牧羊曲》等，这些优美的歌曲让人陶醉，我都是跟着收音机学会唱的。

收音机是当时人们了解外面的世界，以及小孩学习课外知识的一个重要途径。

上初中后，我开始听广播里的英语讲座学英语，常听的是西安外国语学院的老师讲的课。高中时，我说想考西安外国语学院，因我的英语成绩全年级第一名，英语老师对我期望很高，他希望我考北京外国语学院。遗憾的是，由于偏科，最终我只考上一所大专中文系。

在电视机普及之前，广播、收音机发挥了非常大的娱乐功能。听广播是我小时候非常美好的回忆。

第五章

乡村人物素描

我们的小时候

:)

  小时候,我生活在一个有着数百人的村庄里。村里那些曾在我童年的生活剧场里,演绎着人生悲欢的人物,给我留下了难以磨灭的印象。

  岁月的流逝,让我们变得理智健忘,但是,总有一些人和事,透过岁月的微光,依然清晰可辨……

米 红

有一年，小学生流行戴手工发箍。找一截半寸宽的铁片，用手握成发箍的形状。再找一块纯色布条，黑色、蓝色都行，用布条把发箍包起来，从里面缝住，发箍朝外的一面，用彩线勾上波浪纹，一个朴素的发箍就做好了。

我的发箍是邻居白芍姐帮忙做的。蓝色布条上缝了红色波浪线。晚上，我去找比我小两岁的米红玩，她家人正在吃晚饭。米红的大哥米岗看我戴发箍，说米红还没有。我说："我的给米红吧。"没想到我随口一说，米岗马上站起来，拿了我的发箍，放在他家条几上了。我心里后悔极了，我的发箍才戴一天。米岗那么大的人了，人家小孩就那么一说，他居然一点儿也不客气。

米岗跟我二哥同岁，那时已订婚，他长得很高大，精明能干。他的未婚妻是松树庄的，对米红很好，给米红织手套、毛衣，带米红去县城看电影，回来还背着米红，让我很羡慕。米岗个子高，走路快，米红跟着她哥赶集，走累了就趴在她哥的胳膊上荡秋千。

米红的姐姐米岚，小时候发高烧把脑子烧坏了，智力有点问题。米岗对傻妹妹很疼爱。有一次米岚在马路边上捡东西吃，被一个过路人嘲笑了。米岗听说后，一口气蹬自行车二三里，追上那人，把人家臭骂一顿。

在老村时，妈妈跟我讲，她去南地干活，米红妈说，米岚想跟我玩。我见过米岚坐在她家大门口，傻呵呵地笑。搬到新村后，我去米红家玩，常给米岚剪头发，编辫子。小孩都喜欢逗米岚，但过分了，米岗会发火。

因米岚有病，所以米红从小娇生惯养。村里的五保户团大娘从小带米红，也在米红家吃饭。米红是团大娘的宝贝蛋蛋。她的腰有点弯，领着米红玩时，她让米红走前面，走着走着，说："真臭，红啊，你放屁了？熏死大娘了。"逗得米红咯咯笑。有时团大娘走前面，喊米红快走，说：

"快走，我要放屁啊。"米红就笑得很欢。团大娘在米红家颇受尊重。但团大娘对米岚很凶，常瞪着眼训米岚。米岚烧锅时，不小心柴火掉出来了，团大娘拿起饭勺就打米岚的头，吓得米岚赶紧用手捂头。

米岚会做些简单的家务活，比如看门、烧锅，洗衣服。有一次，她在池塘边洗衣服，她已经来月经了，衣服搓出很多血红的水。在旁边洗衣服的春芝嫂故意逗米岚，她撩着水、怂着鼻子说："啊呀，咋恁腥气啊，米岚，你洗什么的啊？"米岚就咧着大嘴傻呵呵地笑，笑得鼻涕从鼻孔里淌了出来。正在池塘边玩水的米红很生气，走过去狠狠地踢了米岚两脚。米岚疼得龇牙咧嘴，惊恐又无助地躲闪着，尽管她个子比米红高一头，但她很怕米红。

米岗媳妇婚后生了一个胖儿子，出了月子，她叉着腰站在她家菜园边上，养得白白胖胖的，很富态。听说她怀孕时娇气，常躺在床上养胎，活动少，生孩子难产，转到市里医院生的。而当时的农村，大都是请赤脚医生大鲵嫂子接生的。

有一次，米岗媳妇跟米红妈吵架，被米岗打了，哭着回娘家搬救兵。没想到她娘家人却要她跟婆婆认错，说娘家人不会帮她。之后，她很少跟婆婆怄气了。

米红出嫁时,向团大娘要钱买被面。团大娘说:"我一辈子给谁都没给谁添过箱(结婚送礼),米红这妮子,非要我给她添箱。"

我读大二时,暑假见到米红,她带孩子回娘家,几个月的娃娃胖得胳膊腿像藕节。小孩拉肚子,米红妈拿着铁锨在山坡上转悠,寻一种治拉肚子的草药。

米岚也嫁了人,婆家不嫌她傻,对她疼爱有加,每天给她煮一个鸡蛋吃。米岗媳妇有一次织毛衣,别人问她给谁织的,她说给米岚女婿织的。米岚在婆家生了一儿一女,孩子小时候还跟她亲,长大一些了,觉得傻妈丢他们的人,有一次,米岚被八岁的儿子打得回了娘家。米岗媳妇去米岚婆家闹了一场。米岚婆婆好话说了一火车,说俺家待米岚好呢,自打她进俺家,见天给她吃鸡蛋,哪怕孩子不吃也得紧着她吃。米岚被丈夫接了回去,她的儿女以后也不敢打骂她了。

如今,米红妈年纪大了,常跟村里老太太们一起聊天打牌。人老了睡眠少,米红妈睡不着觉,半夜起来在环城路上走来走去。路上有路灯,路南水泥厂的机器二十四小时轰隆轰隆响,厂院里灯火通明,她不用害怕。

五保户团大娘活到快九十岁时,死在了村里的养老院里。她性格泼辣，爱管闲事，村里哪个媳妇不孝敬老人，她骂得人家狗血淋头。听说团大娘年轻时生过一个女孩，孩子一落地，就被他重男轻女的老头摔死了。之后，团大娘没再生过孩子。印象中性格强悍的团大娘，原来也有过伤心无奈的事儿。

白　芷

奶奶去世后，我家一下子冷清很多。晚上我自己睡一间房有点怕。爸爸常出差，妈妈就陪我睡。后来妈妈让跟我年龄相仿的白芷姐妹来我家住。

白芷的爸是我奶的娘家侄亲。白芷姐妹一来，家里热闹很多，晚上，二嫂跟我还有白芷姐妹一起打扑克。

我平时在家比较安静，白芷姐妹一来，家里晚上灯火通明，唧唧咋咋，老远都能听到白芷的大嗓门。

我妈喜欢能干的女孩，特别喜欢身强体壮的白芷姐妹。白芷皮肤白，性格外向，说话直愣，一副没心没肺的样子。她妹妹皮肤黝黑，两只大眼睛黑亮，五官比较精致，像一朵黑玫瑰，大家叫她黑梅。黑梅笑眉笑眼的，脾气好，比她姐有心眼。

白芷的妈青竹表婶常来我家,说白芷姐妹回家告诉她,在我家吃了什么好东西了。她称呼我爸妈三哥、三嫂,来我家也是毫不客气,坐下来有啥吃啥。白芷姐妹在我家住了一年。

小哥转业后,我住到大哥家,她们姐妹也跟着在我大哥家住过一阵子。我大嫂为人大方,吃的东西从不吝啬,不仅我经常在大嫂家吃饭,白芷姐妹也常在大嫂家吃饭。

白芷姐妹能干,吃苦耐劳。暑假,我跟着她们一起上山采"牛抵头"(夏枯草),晒干了卖到县城中药收购站。她们姐妹卖了两大蛇皮袋干"牛抵头",卖了两块钱,我的草药只卖了两毛钱。她们还认识益母草、七七芽等药材,挖了很多,晒干了卖。

白芷十几岁能挑水做饭,我妈羡慕得不行。看看我,瘦弱得像根黄豆芽。

我上初三住校后,白芷到县砖瓦厂打工,吃得白白胖胖,衣服也时尚起来,出落得像个大姑娘了。她和黑梅小学毕业就不上学了。

我在县城读高中时,有一次走到县城关医院门前,看到一群人围在那里,我走近一看,一个男城管正在夺白芷的水果篮。白芷无助地咧着厚嘴唇哭，说刚出来还没卖一分钱。我心里一阵难过，又帮不上忙，就赶紧走了。

白芷结婚后，能干的她跟老公买了一辆拉货的汽车跑运输，很快发了家。白芷的儿子学习好，考上了北京的大学。据说他画的画很好，还跟老师到外国去办展览。

白芷人到中年，遭遇了人生的不幸，她老公在外面又找了女人，逼着她离婚，白芷死活不离。她老公找丈母娘告状，说白芷整天蓬头垢面，邋邋遢遢的，丢他的人，再不改，他非跟她离婚不可。

2014年我妈妈去世时，我跟大嫂在县城的超市见过白芷，她在超市打扫卫生，脸上表情麻木，见了我也没说两句话。她又生个女儿，在县城读小学。白芷一边照顾女儿，一边在超市打工。她的老公对她形同虚设。亲戚们心疼白芷，又无可奈何，清官难断家务事！

我想，白芷在农村算得上女强人，当初她老公开货车出事，她雇了司机开车，一个人撑起一个家，她老公回来，家里还多了一辆车。日子过好了，老公却有了外心，白芷的日子变得有点凄惨暗淡。

黑梅家没白芷家富裕，但她在家能做主。弟弟结婚时，黑梅送了很多钱物，甚至她把自家结婚的席梦思床拉到娘家来,她老公也没说个不字。黑梅的女儿也在县城上学,青竹表婶帮着她照管。黑梅依然是笑眉笑眼的样子,看得出,她的幸福感很强。

玉蜀表婶

二哥的四间新瓦房建于 20 世纪 80 年代初,爸爸说花了 1700 元钱。当时爸爸的工资一个月五十元左右,这些个钱,他大概攒了四五年。房子是一米高的石墙作基,二四墙,红砖红瓦,一片喜庆,屋子宽敞明亮。为省钱,二哥自己买了油漆刷门窗。他没打腻子,直接用红漆涂抹,漆得稀薄不均,不怎么美观。

家里请木匠来家十多天,做了堂屋的条几,还有二哥结婚的柜子、箱子、椅子。二哥的婚床是房子没有盖好前就做了的,木匠给婚床上了红漆。

四间新房,爸妈和大侄儿住最东边单独开门的一间。西边三间,中间是堂屋,我和奶奶住堂屋东边的一间房,二哥结婚后住堂屋西边的一间房。

二哥家西隔壁是玉蜀表婶家。玉蜀表叔长得瘦弱苍白,据说他年轻时被鬼怪冲着了,一直病病殃殃,二十大几才结婚。玉蜀表婶是四方脸、大眼睛、塌鼻梁，嘴巴小而瘪。她的头顶有几个小肉疙瘩，说是娘胎里带的。表婶五官端正，面皮较粗，像白面馍里掺了少许高粱面。她中等身材，健壮结实，已经怀孕的她，显得异常和气。

我那时喜欢低着头走路，因为我觉得每次见村里人打招呼太麻烦，就故意低着头。每次我从玉蜀表婶家门前过，表婶都笑着跟我说话。怀孕的女人，看到别的小孩不免会瞳孔放大，爱心四溢。

玉蜀表婶手巧，会用高粱做酒。她家常飘出一股浓郁的高粱酒味。她家三间北屋、两间东屋，北屋住人，两间东屋一间厨房，一间酒坊。烧酒的大锅高而丑，酒味刺鼻。烟幕弥漫中，我看到红色的液体从一个小凹槽缓缓流进了桶里。表婶家的院里摊晒着酒糟，用来喂鸡。黑红色的酒糟在太阳暴晒下，散发着浓烈的酸味儿、酒味儿。

傍晚，表叔表婶在院子前边的小树林里吃饭、乘凉，和谐恩爱。我有时去她家树林里抠爬叉（蝉的幼虫）。

玉蜀表婶家堂屋里，还有一台织布机，是她从娘家带来的。我喜欢看她在织布机上忙，一把梭子在一排排线里穿梭，看得我入了迷，心想天上的织女织云锦，大概也这样投梭子吧。

夏天天长，一天中午，我突发奇想，把扎着的马尾辫咔嚓剪掉一截，头发垂下来，像狗啃的一样长短不齐。我去找玉蜀表婶，她给我剪了整齐的学生头。

快过年时，玉蜀表婶的肚子像扣了一口大锅。我在厨房吃油炸鱼块和炸丸子时，看到表婶在东边的打麦场里，费劲地弯腰挖荠菜。奶奶猜她怀的是女儿，说她身子笨，爱吃菜。

奶奶过罢年三月份去世时，玉蜀表婶已经生了，是个儿子。

玉蜀表婶给儿子做的喇叭裤，裤脚上还缝着两个铃铛，走起来叮叮当当响。在儿子五六岁时，玉蜀表婶突然喝农药自杀了。有人传闲话说，她在山上放羊，跟一个工人打扮的男子在山沟里有暧昧行为。玉蜀表婶当晚就喝农药死了。

后来，玉蜀表叔娶了一个外地女人，过了十来年又离婚了。玉蜀表婶的儿子长成大小伙子了，表叔没给他盖楼房，他也娶了一个健康随和的媳妇，生了一双漂亮儿女。儿子像玉蜀表婶一样心灵手巧，会木工，据说他做的家具专供县城的一家家具专卖店，他因此发了财，在老宅上盖了三层楼房，在县城也买了单元楼。玉蜀表婶如果在世，她家的日子就更圆满了。

荞麦嫂

二嫂刚结婚时，前院的荞麦嫂常来打牌。那时她女儿刚三岁。她结婚时，我才出生几个月，我却比她女儿大了七岁。

她之前曾生过几个孩子，一出生就夭折了。她是死要面子的人，年轻时得了夜盲症也一声不吭，抹黑做事。她怀孕一点儿也不注意，该干吗干吗。听说她分家时分了一间房，床和麦芡子间一个很窄的通道。她每次经过，大肚子都要在芡子上摩擦一下，结果孩子生下来就是死胎。结婚八年，她才养活一个女儿。

荞麦嫂每次来我家，手里都拿一根剥了皮的小萝卜，咔嚓咔嚓嚼得脆响。我看她吃萝卜，也很想吃。

她的娘家弟媳妇会唱戏，她一来我就拉着让她唱戏。听说她在戏班里学过戏，我很羡慕，问她能不能教我唱，问她有没有穿过真的戏装。

因为不爱学习，我每天闲得无聊，在院子里练"倒贴墙"、翻筋斗，或拿着棍子耍，想当女侠，我求爸爸把我送少林寺学武术，也曾求爸爸给我买钢琴。放暑假时，我在屋里一待半天，把纱窗剪一块缝蝇子拍。再剪一块布缝到纱窗上。总之我整天无所事事，一颗心无处安放，不停地冒着异想天开的泡泡。荞麦嫂看着我冒傻气的样儿，常捂着嘴笑，似乎她把我一眼看穿了。她绿豆样的小眼，狡黠地一眨一眨的，让我感到莫名地恼火。有好几年，我对她都带着一丝敌意。

荞麦嫂的娘家妈说，她生荞麦时，没啥吃的。煮了一只老鳖补身子。荞麦嫂是凹鼻子、扁嘴巴，个子很矮（一米五左右），村里人给她取了个外号"鳖壶"。我想她的长相，不知道跟她妈月子里吃老鳖有没有关系。

荞麦嫂虽然家里不富裕，但为人大方，她家院子里的一棵梨树硕果累累，在她家打牌的人，都可以自行摘梨吃，她不小气。她会种菜，常把吃不完的老豇豆角送给我妈，老豇豆角做蒸菜很好吃。

据说荞麦嫂的婆婆想让荞麦嫂给她养老，把自家的牛牵来让荞麦嫂养。牛卖了，婆婆嫌荞麦嫂给的钱少，躺在荞麦嫂家大家门口哭得昏天黑地，滚了一身泥土。荞麦嫂铁石心肠，她老公心软，看老娘在地上滚，拿块湿毛巾给娘擦脸和脖子。嘴里说，好了，好了。

有一次，别人告诉荞麦嫂，说她婆婆想吃雪糕，荞麦嫂一笑嗤之,说老婆子作妖,不予理睬。倒是她女儿,用打工挣的钱买了雪糕给奶奶送去了。毕竟人家有血缘关系,血浓于水。

荞麦嫂女儿找了个倒插门女婿。如今日子富裕了,荞麦嫂依然舍不得吃,舍不得穿,穿着窄巴显小的旧衣服。她爱去县城捡破烂,但村里人送她旧衣服,她一律拒收,让人觉得不可思议。

有一年回老家,我在路上看见了荞麦嫂背着蛇皮袋在公路边上捡垃圾,她的脸有点苍老,背也略显佝偻。听说女儿盖楼房,荞麦嫂拿了十多万元,不知道为攒这些钱,她吃了多少苦。荞麦嫂如今也是年过古稀的人了,老伴前年去世,她一个人住在小瓦房里,自己吃饭自己做,不肯住到女儿的楼房里,说哪儿也没有自己的小屋住着自在。

芷 若

芷若是我的小学同学,她皮肤白皙,大眼睛水灵灵的。她在县城的学校里上小学,言谈举止透着一种文雅,让我这个一直在乡下读书的学生感到自惭形秽。

芷若小学二年级时就转到县城读书了。我跟爸妈哭闹多次,也想转到城里读书,但爸爸一辈子不喜欢求人,麻烦人,我只好作罢。

暑假我接替当兵去了的小哥上山放牛,一大早上山,夕阳西下的时候,跟着村里的牛群回村。我赶着牛路过芷若家的大门口,她和她大嫂坐在门楼底下乘凉,看到我脏兮兮的样子,她大嫂笑着喊我"牛倌"。我听了心里有些不舒服的。我不想当牛倌,虽然我喜欢在山坡上跟放牛、放羊的孩子一起玩耍,但我也羡慕芷若文文静静地在门楼下面看书、写作业、打扑克牌。

初一时,我英语什么都不会,就借芷若的暑假作业本抄答案,那时还我冥顽不化。我是初二下学期开始发奋学习的,最初我把芷若当作学习榜样。不过到了初三时,我找芷若借复习材料,她正系一条花围裙在厨房做饭,一脸恬淡的微笑。我想,初三学习那么紧张,我每天在教室学习十几个小时,吃晚饭时吹一会儿清凉晚风都觉得奢侈,芷若居然有时间帮家人做饭。也许她没想过考高中、上大学。我们村离县城近,城边上的人有种优越感,不强迫孩子学习。

我考上了县一高,到县城读书,我也是继我大哥后,村里第二个考上县一高的学生。芷若没考上高中,无怨无悔地回乡务农了。之所以说她无怨无悔,是因为我每次见到她,她都一脸甜美的笑,没有一丝的哀怨或忧愁。

后来我读大学、研究生,留在城市工作。芷若嫁到了北庄,生了两个儿子。

我妈从小喜欢芷若,芷若妈却从小都喜欢我。芷若妈每次见我,都笑着夸我。小时候我感冒,妈妈带我去门市部旁的诊所看病。诊所后面,种着一片大烟花,红色的花开得鲜艳艳的。没病的时候,我也喜欢在诊所玩,手弄破了,就到诊所里抹一点红药水或紫药水。芷若也感冒了,她妈带着她也到诊所看病。医生给我打了一针青霉素,我的感冒很快就好了。芷若对青霉素过敏,她的感冒一个多月才好。芷若妈羡慕地跟我妈说过多次。我从小很少生病,病了去诊所拿点药吃就好了。

芷若是我大嫂的娘家堂妹,她爸是大队干部。常有邻村的人打了架,一身泥一身伤,吵吵闹闹来到芷若家,让芷若的爸断案。我的同桌冯洪梅,就曾跟着她哥、她姑父、她表姐等一干人,还有跟她家打架的一拨人,在芷若家的院里哭诉说理。芷若的爸指着冯洪梅的姑父说:"老陈,你是党员,怎么这点小事都处理不好?"小孩子爱看热闹,到芷若家评理的一拨拨人,似乎在演绎一出出的闹剧,让我们这些看热闹的孩子好不开心。

芷若的爸最早与人合伙在山坡上烧砖窑,不过没多久砖窑就熄火了。废弃的砖窑成了放羊、放牛的人歇息的地方。十年后,我的小哥开了一家上规模的砖厂,做得比较成功。砖厂最兴旺的时候,每天有上百人在那里干活儿。

我到宁波工作后,大嫂说芷若的妈常问起我。我大侄的女儿妞妞几个月时,大嫂抱着她参加娘家人的婚礼,芷若妈看到妞妞,说妞长得跟我小时候一模一样。芷若的小儿子,跟妞妞一样大,她的爱人是农民,平时在县城揽活。

芷若有个弟弟,小时候我也想要个弟弟,邻居婶子哄我说,她上山干活时,会给我刨个弟弟回来。芷若的爸去世时,芷若的弟弟还没结婚,他到深圳去找在那里打工的女友,没想到女友不认他,还让人打他。他被人扎了几刀,浑身血淋淋地躺在马路上。看到一个骑摩托车的人过来,他像抓住了一根救命稻草,死死抱住人家的腿,求人家送他去医院,被摩托拖行百米也不松手,那人终于不忍,把他送进医院,医院通知他家人来接他回去。芷若的弟弟回来后,在县城开理发店发了家,不仅娶了漂亮妻子,生了两个漂亮闺女,还在县城买了楼房,在家里的老宅上也盖了楼房。芷若妈最疼爱小儿子，小儿子一家常住县城，她就给他家看门。

芷若的大嫂是新中国成立前一位县长的女儿。她性格开朗大方，生有一儿一女，儿子不苟言笑，小方脸黝黑，一对黑亮的大眼睛，像戏里的包公，村里人都叫他"老包"。

"老包"的姐是芷若的大侄女，她结婚时，芷若的大嫂对女婿说，过年得准备十八个筐子。芷若姊妹七个，还有堂姊妹七个，加上邻村的本家亲戚，正好十八家。新女婿走亲戚时，一家要送一个筐，筐里有礼条（两根连着的猪肋骨）、烟、酒、点心等八样礼。村里人说，娶大家庭的女儿做媳妇，得有心理准备，逢年过节走亲戚，都要一大笔开销。

我二十多年没有见芷若了，我想她一定还每天带着恬淡的微笑，知足常乐地享受乡村的慢生活。我的脑海里，还一直留着她小时候的样子。

干　渠

我们村的东边，有一条南北走向的干渠，深两米多，宽五六米，延伸到邻村。沿着干渠可以走到我们大队小学所在的村庄榆树庄。干渠之间有连接的桥洞，上面印着"水利是农业的命脉"的红色标语大字。

干渠是20世纪六七十年代修的。新中国成立后，国家很重视农业，兴修水利。老村人家的后墙上还留有"以粮为纲，全面发展"的大字。我记事时，这些水利设施已成摆设，干渠的水很浅，有的地方已经干涸。我们喜欢在干渠边上玩耍。

村里有个人，名字叫干渠，据说她妈把他生在了修干渠的工地上，所以取了干渠这个名儿。

干渠是拖拉舌，说话吐字不清。过年时，他叫他爹回家吃饺子，扯着嗓子喊："爹，日（吃）咬（饺）哩。"惹得村里人发笑，他却一脸茫然。这话后来成了取笑他的噱头。我们小时候看见他就大喊："干渠，日（吃）咬（饺）吗？"他嘬嘬很厚的大嘴唇，扬起手臂，装作要打人的样子，吓得我们小孩子一哄而散。

有一次，一群小孩在他家的土院子里玩。他到白天也黑漆漆的小厨房里，捏起一个篦子上的黑面饺子，塞嘴里大吃大嚼。那天是中秋节，他家穷，包不起白面饺子。他妈小声嘱咐："别出去，院里恁多小孩的。"

印象中，干渠脾气挺好。堂姐第一次带我去学校玩时，我看到干渠和他班里的同学正拿着扫帚打扫教室卫生，他看到我们，咧开大嘴，友好而憨厚地笑笑，算是打招呼。他是老留级生，跟他同龄的人读初一时，他还在读二年级，个子比班里同学高一个头。我上学时，他已不上了。

干渠家在村里最穷，他爹有严重的气管炎，不爱说话，常弯着腰在院子里摸摸索索地干活，每天都拉着大粪车去城里拉粪，走着走着咳嗽起来，咳得腰弯下去，好大一会儿直不起来。干渠的妈常年害眼病，血红的眼角挂着眼屎。她厚而大的嘴唇烂着边，像喝了辣椒油。村里人叫她"火凤凰"，我叫她凤凰姑，因为她跟我妈娘家同村。凤凰姑日子过得不富裕，人倒挺乐观。她在麦地里锄草，见我们在田埂上玩，还笑着逗我们。

干渠的大姐干葛长得端庄漂亮，听我妈说干葛小时候家里穷，去邻村要过饭，人家喜欢她，多给她一些吃的。我记事时，已出嫁的干葛三天两头往娘家送吃的、用的东西，她女婿也常回娘家帮忙干活儿。村里人都说干葛是好女子。

干葛的接济救不了一个贫穷的家。她最小的弟弟出生时，家里穷得揭不开锅，听说县城的部队里，有人开着小车来，想领养这孩子，她妈舍不得。这个小弟从小被二姐干草背着放羊、割草，会走路时，人们发现，他被姐姐背成罗圈腿儿了。

干草是干渠的妹妹，她的头发每天鸡窝一样蓬着，面黄肌瘦的脸上，一双大眼睛呆痴痴地盯着人看，大人说她是"看死眼儿"。她大姐每次来，都给干草收拾一下，让她粘成片的头发清爽两天。

有一次，干草弄丢了一只羊，她脾气暴躁的大哥揪住她的头发，使劲捶她，她被拽得头后仰着，挨了打，也一声不吭，死受着。村里人说她"挨死打"，说她跟干葛不像一个妈养的。

干渠脾气比他大哥好，他从不打妹妹干草。一冬天他都穿一件破旧的黑棉袄，为了更暖和，把袄紧裹在身上，用一条布带子勒在腰上。村里人说干渠能吃能干，吃得多，干活也肯下劲。有一年，村里年轻人去县城工地挖土方挣钱。不幸的是，挖土方时，土方突然塌了，干渠被埋在了下面。还没来得及结婚生子，他就结束了粗粝而短暂的人生。

干渠的小土坟在村池塘前的山坡上。放羊的孩子常踩着他的坟抽茅线，掐蒲公英花。他的坟对面，是一个近百米高的小土山。后来村里人挖土卖钱，把那个小土山的黄土都挖卖掉了。据说小土山是从前一个有钱人的坟，里面还有一些随葬的器物。邻村有个得疯病的女人，她家人得到一个偏方，就在夜里偷走了大坟里的骷髅头，熬水给疯女人喝，疯女人的病也没好。

现在，村里人富裕了，干渠的哥哥和三弟在他家的三间宅基地上，各盖了一幢楼房，一楼还开着小超市。小弟因父母死得早，当了倒插门女婿。

村里人活路多，种地马马虎虎，当年人们热火朝天修的干渠早已废弃不用，仅作为村与村分界的沟渠存在。大概村里人也把干渠这个人忘得一干二净了。干渠去世的时候，我还是个孩子，但我对他有些较为清晰的印象。小时候我和村里小孩在山上放牛，常在干渠的坟不远处烧红薯吃，或者是捉蝴蝶、打扑克玩。

禾 苗

禾苗是我们村的一个女孩。我四五岁时，常听妈妈夸禾苗，说禾苗乖巧懂事，她家养的一群小鸡都是她管的。十三岁的禾苗，不仅管鸡鸭猪狗，还照看两个妹妹。她每天把屋里院里收拾得干干净净，把饭做好，等着爸妈干活回来吃热乎的。

印象中禾苗是个苗条的姑娘,身材娇小,大眼睛忽闪忽闪的。她见人不笑不说话,总是很有礼貌地叫叔,叫婶,叫爷,叫奶。见到我们这些小孩,她也热情地打招呼。

禾苗家的门前,是村里一条南北走向的池塘,池塘的水跟村南鸡冠山脚下坝堤里和稻田里的水相通。坝堤放水时,池塘的水溢出来,弯弯曲曲向东,流进一条麦田中间的深沟里。水流拐弯处,是村里的水井。禾苗家就在井的南面。

池塘边有几块平坦的大石块,常有村里妇女在大石头上搓洗衣服、被单,她们用木棒槌一下一下捶打着衣服,边洗边东家长西家短地拉呱说笑。池塘边总是热热闹闹的。

池塘里,黑黑的小蝌蚪,成群结队地游来游去。小孩子们一人拿个小玻璃瓶,蹲在水边捉蝌蚪玩。秋天,很多人下到池塘里,把水趟浑了,浑水摸鱼。

池塘边正对着禾苗家厨房的地方,有棵老柳树,一根大枝横斜在池塘上。夏天,小孩子们爬到柳树枝上,青蛙一样,扑通扑通往水里跳。树的一个枝干上,挂着生产队打铃用的大铁片。禾苗爸曾当过生产队的队长。

禾苗总是安安静静地坐在柳树下,用柳条和竹篾编篮子,或用干玉米叶子编圆圆的蒲团。她的手里总有干不完的活儿。

下午放学的时候,村里的学生们,喜欢蹲在柳树下挖小坑,把塑料烧化了,滴到一个模子里做纽扣。我在旁边看着,觉得新奇又好玩。柳树上有种昆虫,黑色,跟蚂蚱一样大,有翅膀,会飞,头部两个角,我们叫它"老水牛"。我们也爱看一种像蛐蛐一样的虫,在灯影里跳来跳去。大家称其为"老天爷的大闺女",不知这名缘何而来。老柳树下,是村里人歇脚、唠嗑、玩耍的场所。

禾苗姐妹三个,长相各异。禾苗白净灵秀。她二妹傻大憨粗,个子高,黑脸庞,大嗓门。她三妹皮肤红白,像洋娃娃。村里人说,禾苗跟她妈像一个模子印出来的,她二妹的长相随她奶。

禾苗妈绰号"宋美龄",她连生三个女儿,快四十岁时,才生下一个男孩,这孩子却要了她的命。孩子生出来后,胎盘娩不出来,禾苗奶让禾苗妈趴在一根扁担上,禾苗爸和禾苗的叔抬着扁担颠她妈,胎盘没颠出来,颠得禾苗妈大出血,在送医院的路上,永远闭上了眼睛。

禾苗妈去世后,她爸黑塔一样的人,一下子矮了很多。在地里干一天活回来,圪蹴在大柳树下咽着粗茶淡饭,想着生下来脸上就长一大片红色血管瘤的小儿子,一筹莫展。小男孩叫马套,一出生就克死亲妈,取名马套,希望把他套在人间,免得被他阴间的妈妈带走。

马套是禾苗一手带大的,她像个小母亲一样,给弟弟喂饭、洗尿布,哄弟弟睡觉。她常抱着马套坐井边的树荫下,来井边喝水的哺乳期妇女,看马套可怜,就喂他几口奶。

马套两岁时,禾苗带他去市里的大医院做手术。期间,因劳累过度,禾苗出现了幻听幻视,一个十六七岁的姑娘,竟不顾羞耻,当着众人一件件脱自己的衣服,边脱边傻呵呵地笑。

所幸马套的手术成功了,脸部虽有轻微印记,无伤大雅。禾苗的病也治好了。回村后,她见人依然笑盈盈的。人们发现,她脸上常带倦容,生活压给她的担子实在太重了。

马套上小学时,禾苗嫁到了村北的桐树庄。婚后一年生了个大胖小子,村里人都为她高兴,说禾苗好人有好报。

弟弟结婚生子后,禾苗的父亲似乎从苦痛中慢慢缓过来了,抱着胖乎乎的乖孙,脸上有了喜色。

禾苗常说,她宁愿把世上的苦都吃了,来换她亲人的一生平安。

村里老人说：禾苗这姑娘，怕是观音菩萨派来搭救这家人的。

杀猪匠与"祝英台"

小时候，我常去隔壁"祝英台"婶子家玩，她家是村里小孩玩耍、打闹、胡踢腾的一个场所。婶子脾气好，不嫌小孩烦。

她眼睛不好，有一年，忽然看不见东西了，大概得了白内障或青光眼，医生说她的病重，可能会失明。她出嫁的大女儿祝英听说后，带着孩子回娘家，连着几天点灯熬油，给父母和弟妹一人做一双新鞋，临走时，她的眼因伤心落泪加熬夜，变得红红肿肿的。

祝英名字好听，相貌却丑。她个儿矬，大宽脸，三角眼，大嘴叉子，一点儿也没有遗传她妈妈的基因，跟她父亲长得很像。她走路跟对跟（外八字），是小时候脚生冻疮落下的毛病。

祝英的名，跟戏里的祝英台有关。"祝英台"婶子年轻时是美人坯子，模样好，身材好，会唱戏，在农村的草台子上演过"祝英台"。她跟邻村演"梁山伯"的后生好上了。不幸的是，棒打鸳鸯的悲剧不仅发生在戏里，也发生在现实中。祝英的妈是捡来的女儿，养父母希望招个上门女婿，给自己养老送终。"梁山伯"是家里的一棵独苗，不可能倒插门。两个相爱的人被残忍地拆散了。

祝英的妈最终接受命运的安排，与祝英的杀猪匠爸爸成了亲。村里人忘了她的真名，都叫她"祝英台"嫂子、"祝英台"婶子等。祝英的名字，大概是她妈纪念自己在戏里演的角色给她取的。

祝英爸不但长得丑，家里也穷。当初祝英的外公看上了他会杀猪，有一技之长，又愿意倒插门。

祝英爸机智幽默，有喜剧色彩。他爱模仿电影里的滑稽人物，逗大家开心。他还是个"铁嘴"，跟村里人"斗闷子""打渣子"（开玩笑），谁都说不过他。央视春晚开播后，村里人说，祝英爸如果演小品，跟赵本山有一比。

祝英妈喜欢上了这个丑人。她说，长相好赖是给外人看的，一家人关起门过日子，那是要实实在在的。祝英爸作为村里的杀猪匠，杀一头猪，人家会送他一些猪油、猪血、猪下水。在那个食而缺肉的年代，他家人的脸上都泛着油光。她爸杀猪时穿的黑棉袄，也油光光的，村里人说，这袄能洗出半碗猪油来。他的嘴贴着猪蹄子上的切口，给猪吹气时一气呵成，熟练又精准。拔猪毛时，他的手飞快，拔得干净，不伤猪皮，似乎他天生就是杀猪的。

看了电影《屠夫状元》，村里人开玩笑，叫祝英妈"状元娘子"。祝英爸就借戏里的词说："跟了当官的做娘子，跟了杀猪的翻肠子。"

祝英爸会杀猪，还会做酒席，村里人办红白喜事，都请他做席。我奶奶去世时，也请的他。中午，我看到他在厨房吃了一小黑碗红烧肉。吃米饭时，他还往饭碗里浇了一勺子浓稠的肉汁。

快乐的杀猪匠幸福地生活了七十多年后，因脑梗去世了。

祝英的弟弟祝台，十五六岁就去深圳打工了，他跟同村一位姑娘恋爱结婚。如今在村里盖了三层楼，房子由"祝英台"婶子一个人住着。

祝英已经当了奶奶了，她隔几天就回村看看她妈，帮着拆洗被褥、蒸馍、做肉辣子，然后又风风火火回家了，她家有老人、孙子，还有鸡鸭猪狗等着她管呢。

"祝英台"婶子的眼看不清对面的来人。凭感觉，她与人交流没大碍。白天，她家是村里老太太串门、打牌的地方。大家一起说说笑笑，倒也热闹。夜晚，"祝英台"

婶子孤零零守着空荡荡的楼房。她睡不着觉,就哼唱戏文,唱着唱着,仿佛又回到许多年前,她跟"梁山伯"在戏台上,演绎那场感天动地的爱情故事。

而那位"梁山伯",据说儿子考上了大学,把他老两口接城里住去了。

有人说,"祝英台"婶子是养父母在戏台后面的沟里捡回来的,也许她的亲妈就是唱戏的。

剪 秋

村里的年轻媳妇剪秋是十月份喝农药死的。有人听见,大年三十半夜,南山坡上有几声凄厉的长嚎。村里人认为是剪秋年纪轻轻,死得不甘心。

迷信的川雨大爷说,他一闻到空气中有股子药味,就猜是剪秋,他故作轻松地说:"哈,俺侄媳妇看我来了。"

剪秋刚去世那年,有一次,隔壁媳妇半夏昏厥倒地,醒来后胡言乱语,似乎在说剪秋家的一些事。说公公看不起她,黑着脸什么的。大家就说她被剪秋"附身"了。半夏比剪秋早一年结婚,婚后第二年生了个漂亮儿子。婆婆刚四十出头,儿子除了吃奶,基本都在奶奶怀里。半夏饭不用做、孩子不用带，一点农活也累不着她。她是一个公婆宠、老公爱的幸福媳妇。

前后院住着，剪秋就悲催了。19岁嫁过来，27岁才生了个女孩。八年中，村人的闲言、剪秋的难肠，大家都能感觉得到。

生孩子时，因为剖腹产，剪秋吓得不轻。月子里，爱干净的她，不愿意卧床休息。没出月子，她就把床罩、床单、脏衣服洗了一院子。她小时候听妈妈说，老一辈的人从不坐月子，生孩子第二天，就下地干活，洗衣做饭。剪秋想，自己生了个女孩，不想麻烦婆婆伺候自己。她这辈的媳妇，谁不是月子里不下床、不摸凉水的娇媳妇？她不想这么娇气。

她一向要强、好面子，从不沾婆家的光。婆家种西瓜，她也自己买瓜吃，或用麦子换瓜吃。不像村里有些媳妇，想方设法多吃多占婆婆家的，省着自己家的。

剪秋是有口德的人，从不在人前对公婆说长道短。不像村里的泼媳妇，骂公婆是糟老头子、死老婆子。她毕竟上过中学，有文化，做不出这样的事。

对襁褓中的小女儿，丈夫疼爱有加，出来进去都叫一声"俺的小闺女儿"。

剪秋突然喝药死去，直接原因是她月子落下的风湿病。手脖子和腰部的疼痛，让她苦不堪言。有一次她回娘家，看着镜子里瘦脱了形的自己，对嫂子说，你看我像不像个鬼？不久，剪秋喝了农药。嫂子后悔自己粗心，若早发现剪秋的异象，也能劝劝妹子。

剪秋心里苦，只有她自己知道。看着以前一个学校里上学的同学，好几个都上了大学，成了有工作、有身份的城里人，她这个曾经的"学霸"，心里有太多的不甘。

她的一位女同学，在市里的高中当老师，每次回老家，都顺路来看她。她觉得自己跟"有出息"的同学比，简直一个在天上、一个在地上。

虽然父兄托人把她嫁到了城边上，婆家经济条件也不差，她仍觉得低人一头。况且在农村，她过得也不顺心。

病痛的折磨，让剪秋觉得活着太苦了。人都说好死不如赖活着，剪秋觉得，赖活着不如好死。终于有一天，她跟爱人因小事发生了口角，一气之下，她把一瓶乐果喝了下去，从此再没有痛苦和煎熬了。

剪秋去世后，她的爱人经常到她坟上哀哀地哭。在山坡上放羊的大娘看了，都忍不住落泪。剪秋死后，村里人才想起剪秋种种的好。

第二年，剪秋的爱人再婚，婚后很快生了一儿一女。所幸的是，这位新媳妇对剪秋的女儿不错。女孩由爷爷奶奶抚养，人们常看到，新媳妇抱着剪秋的女儿，去小卖部买东西，或到菜地挖菜。

剪秋的女儿长得跟剪秋很像，学习也好，如今已大学快毕业了，她的妹妹也上了大学。我想，剪秋没有做到的，女儿替她做到了。如果剪秋地下有知，也可以瞑目了。

君 迁

夏天的傍晚，八岁的我领着三岁的侄儿，到邻居君迁哥家玩。君迁是我们村的倒插门女婿，在县政府当厨师。

君迁家的一儿一女。君迁喜爱闺女，走路抱着女儿，儿子噘着嘴拉着他的衣襟，走着走着，君迁有些嫌弃似的把儿子的小手拨拉开。小男孩委屈得眼泪都快出来了。

君迁家的院里，一位白头发的清瘦老人，穿着扎裤脚的绵绸胖腿裤、带大襟的青绵绸短袖衫，坐在一张草席上，逗君迁的孩子玩。她是君迁的外婆，家在县城西边的山区，大家叫她洪阿婆。我喜欢听阿婆讲故事。

洪阿婆讲，她山里的家，夏天凉爽得很。从地里干活回来，发现蛇盘在饭桌上，见人也不跑。家人跟蛇相处和睦。他们认为，家蛇是自家祖先变的。一天晚上，洪阿婆的儿媳睡院里的凉席上乘凉，半夜被蛇咬了手臂，胳膊肿得大腿一样粗，几个月后才好。

我们村在平原地方，夏天的夜晚，很多人睡院里乘凉，地上铺张席子，或把竹床、木床放院里。大人哄小孩睡觉，让孩子看天河、数星星，或给孩子讲故事。洪阿婆说，她们村小孩晚上不敢睡外面，山里有狼，怕狼把孩子叼走了。

洪阿婆也讲君迁小时候的事。君迁娘生君迁时死了。君迁的皮肤随他妈，非常白。后母多嫌君迁，用针把他的耳朵、嘴巴扎得流血，还用沾了水的柳树枝打他。君迁父亲说："打就打孩子屁股，不敢把孩子打残了。"

每次君迁去外婆家，都一身的伤。他一路哭，一路喝凉风，伤口流着血，走二十多里路，血也结了痂。洪阿婆搂着可怜的外孙流泪。在外婆家养一段时间，君迁又回家割草烧火做饭了。

君迁身材很矮，不足一米六。他父亲托关系让他去县政府学厨。当了几年厨师，君迁发了福，红光满面。自己攒了钱，经人介绍，娶了我们村的沉香姐。早先，他们住在老村的空房里。老村人搬到新村后，空出一些房子。后来他家在新村盖了三间瓦房。

我有时去君迁家玩,君迁说我是书呆子,我挺高兴的。我学习不好,不爱看书,说我书呆子,是高看我了。

君迁的小妹君芬跟我一个班。她妈从前虐待君迁的事,被同学知道了。一天中午,来得早的同学,钻到桌子下面抓石子、打扑克玩。君芬到教室,坐下就开始骂人。她骂了很长时间,骂我们村的孩子,说她妈坏话。大家都不敢接腔。预备铃响了,君芬停了骂。我猜她骂的人里有我,从此我们不再说话。

其实,君迁对他的兄弟和妹子也亲。他在县城开饭馆,让他弟弟跟他合伙。君芬穿的花布衫,也是君迁买的布。君迁也给他小姨子萍香买了同样的布料。毕竟,血浓于水,兄妹亲情是割舍不了的。

小时候,萍香经常从君迁家拿了油汪汪的油饼或鸡腿,经过我家院子,看得我流口水。君迁家在我们村算富裕人家。萍香说,君迁两分钟就能把一只鸡蜕得干干净净。我没亲眼看过,但我相信这是真的。

农历三月二十八,村里孩子都到县城街上看戏。中午我和村里的晓蝶一起去君迁家开的饭店里,一人要了五毛钱的肉丝面。沉香姐笑着给我们端来两大碗面,里面肉丝很多,又端来半碗,是剩下的锅底。我们吃得满头大汗,满意极了。回家我告诉哥哥,哥哥说下次别去了,五毛钱买不了一碗肉丝面,人家多给你的。

大概由于油腻吃太多,君迁五十多岁时得了脑血管病,病了几年,去世了。现在,大家都知道了,吃油腻太多有害健康。如果君迁早点知道,大概他就能多活些年月了。

开饭店几十年,君迁给儿子、女儿都打下了不错的经济基础。也有人说,有钱不如有人。人活着,健康才是最大的福!

青 黛

小时候,青黛是个挨打垛子,她妈一天打她三次。她姐妹三个,她最小,相貌最差。她的右腮中间,有个酒窝状的坑,是她小时候正在吃饭,看到妈妈要去赶集,就拿着筷子追撵,跑着跑着,一跟头摔地上,筷子把右腮扎透了,留下的疤就是这个窝。

几乎每天,青黛都闯祸。她常去邻居晴嫂子家玩。晴嫂子的孩子两岁多,有时候她去厨房做饭,也让青黛帮她看会儿孩子。青黛看到晴嫂子的席子下面,有一些硬币,就偷偷拿了去门市部买糖吃。几次以后,晴嫂子发现了,告状给青黛的妈。青黛妈拿着棍子追打,青黛一蹦子跑到二萍姐家的屋后。一头老牛正卧在地上,悠闲地倒沫,牛绳拴在一棵法国梧桐树上。青黛急中生智,鞋子一蹬,哧溜哧溜爬到了树上。她妈其实没真想打她,碍着晴嫂子的面,做做样子。

青黛记吃不记打。过年时,她拿了她妈枕头下面的五元钱,买了水果糖。她妈发现了,气得发抖,心想要结结实实打她一顿,非把她打来改正才行。她妈脱了她的棉裤,大姐、二姐按着她的身子,她妈用塑料鞋底子抽她屁股,抽得出了血丝。青黛有一段时间,打牌都打不成,一坐下,屁股就疼得受不了。

打不了纸牌,青黛跟几个小孩一起砸砖。大家把压岁钱换成硬币,一人兑一个硬币,摞一块砖上。在砖的一米处,画一道线。大家通过锤子、剪刀、布游戏,决定砸砖的先后顺序,然后站在线上,用手里的硬币,砸砖上的硬币。晓蝶第一个砸,她手气好,只一下,把几个硬币全砸落地上。后面的人,没机会砸了。青黛急眼了,拾一块小石头,向晓蝶砸来,晓蝶的额头顿时冒了血。青黛妈带晓蝶去卫生所包扎,又拿着礼物到晓蝶家赔礼道歉。大过年的，晓蝶额头上多了一个白纱布块，纱布用白色的胶布粘了个井字。害得晓蝶不能去亲戚家拜年，不能挣压岁钱。青黛少不了被她妈打一顿，这次她妈一巴掌把青黛的脸打肿了。

青黛不爱学习，夏天老在课堂上打瞌睡。爱打人的男老师秦老头子，没少用书本扇青黛的头脸。有一次，青黛被老师扇了一书本，还没醒，闭着眼骂了句脏话。班里同学哄堂大笑。秦老头子五十多了，被小学生骂，气得发抖。他把青黛提溜着拉到教室外，说叫你家长来，否则你就别再来上学。

那时小学女生爱吹泡泡糖，青黛上课时，用舌头拱舌根下的泡泡糖，趁老师板书的空儿，突然吹出一个大泡泡。有一次，秦老头子在板书，青黛又吹泡泡糖，这次泡泡吹得大，风一吹，泡泡贴了她一脸。她还没来得把泡泡吸嘴里，秦老头子猛地回头，看到了青黛的脸，气呼呼地走下讲台，把青黛趔趔趄趄地拉到了教室外。回到教室，秦老头子还气得喘粗气。

有一次，我经过老师的办公室，听到两位女老师在聊天。一个说："我就喜欢竹林村的青云、青霞姐妹俩（青黛的两个姐姐），文文静静，秀秀气气的。"另一个说：

"她们的妹子青黛,可是个刀枪不入的'大木刀'。""大木刀"是老师称呼傻大憨粗的女生的。

青黛的个子比同学稍高,体格较壮。她虽然长得高,但头小、脸小、眼小,有点嬉皮笑脸,又有点奸诈。

班里有的男生长得挺白净的,脑子却糨糊一样,学习一塌糊涂。老师称呼这类学生"光脸信子"。"信子"就是"信毬""傻瓜"的意思。

青黛小时候劣迹斑斑,比如捉了青蛙烧死,捉了虫子活埋。见猪打猪,见狗撵狗。见桃偷桃,见杏偷杏。舀水时掉进了缸里,在池塘戏水时差点淹死。她经常被她妈或小朋友打得鼻青脸肿。肿着脸的她,满不在乎地笑,让她妈恨得牙痒,说自己倒了八辈子血霉,生这么个货。

青黛也恨她妈,一次,她妈病了,让青黛给她倒水喝,青黛恶狠狠地说:"你八年不喝,我也不给你倒。"

村里老人说,三岁看老,青黛这妮子算是瞎了。

青黛小学毕业就不上了,在家里玩了几年,也学会做一点农活、家务活。

女大十八变,青黛小时候很短的黄毛,留成了披肩发,用指甲草染成红色,看上去,竟然有点飘逸。身材也苗条了,显出年轻女子独有的风韵。

她嫁到了本村，老公是她的小学同学，个子也很高，五官周正，家里稍贫寒些。青黛结婚后，在婆家倒招人待见，主要是她头胎生了儿子。老公的嫂子三胎生的都是女儿。她的儿子就颇受公婆宠溺，加上她娘家比婆家富裕，所以她在婆家比嫂子地位高。

憨人有憨福。如今青黛的儿子考上了大学。她两位姐姐的孩子，都是初中毕业，或高中没毕业就到南方打工去了。

青黛常回娘家，每次回去也不帮着干活，往屋里一坐，等着她妈做好吃的。她妈对她的态度已经好很多了。毕竟妈妈也老了，人老了就免不了要慈祥一些。

青黛每年给父母拿点钱，买几身衣服，也跟两位姐姐一样孝顺。

椿　妮

耕田婶是我家邻居。跟我妈比，她算村里的年轻媳妇，之所以跟我妈比，因为她女儿椿妮跟我年龄相仿。椿妮是她妈的头生女，我是我妈的老生女。耕田婶其实跟我的堂嫂一样大。

耕田叔和耕田婶都身强力壮、干活卖力,村里人说耕田叔干活顶一头骡子,人送外号"老骡子",耕田婶成了"骡子"婶。喊久了,简化成"骡"婶。乍一听,"骡"婶,还以为她老公姓罗呢。

在老村时,椿妮家住村东南角,小孩玩大米开花游戏,由于椿妮年龄略小,我们就把她送回家。没想到搬新村后,我们成了近邻。

我一放学就抓石子、踢毽子、摔泥巴、跳绳子,玩着各种游戏。椿妮没有时间玩,她父母下地干活,每天安排她做各种活儿:割草、喂猪、做饭,端一大盆全家人的鞋到池塘里去洗涮。

椿妮会做饭、洗衣服、编蒲团了,快下雨了父母不在家,她用脸盆把晒在院里的麦子一盆盆端回屋。椿妮的能干,令"骡"婶自豪,也令我妈万分艳羡。

"骡"婶对椿妮总不满意,几乎每天都打骂椿妮一顿。有一次,我悄悄问椿妮,你妈总打你,你想不想死?椿妮诚实地说从没想过。她的小腿和脚上,有很多黑褐色的斑块,是她趟着露水割草,湿毒疮和毒蚊子咬痕留下的。

椿妮一门心思在精益求精地做各种家务上,学习成绩一般。有一次,"骡"婶端着碗在门楼下吃饭,声音大得有点咋呼,说椿妮语文考了78分,语气里满是自豪。我心想,78分还炫耀,我考80多、90多,拿回"三好学生"奖状,我妈也没跟人说过。

晚上我们玩大米开花、丢手绢游戏,椿妮不参加,她要帮妈妈搓玉米粒。

冬天的夜晚,我们一家人围着奶奶房间中央的煤火炉吃饭,小哥问我是不是欺负椿妮了。我说没有,只是她不合群。小哥和椿妮的小叔是同学。小哥还说,椿妮怕我知道了又不理她。

我跟椿妮成为好朋友,是我家给二哥盖了新房后。晚上,爸妈和二哥、大侄儿都在新房住,我和奶奶还住在大哥家。

有一次,妈妈感冒了,我烧火做了一碗荷包蛋往新房送,碗太烫,走到椿妮家门前时,我的手一哆嗦,碗里的热汤洒了出来,荷包蛋也掉地上一个。我恓惶得想哭。"骡"婶看了说,碗端低一些才稳当。我心里一阵温暖,妈妈只顾疼孙子,住新房,对我一点儿也不关心。她病了,我想表示一下孝心,又被烫伤了手。感觉有种被遗忘的空虚包围了我。

我一个人住在爸妈以前住的房间里(堂屋西边的房

间），奶奶还住在东间里，大哥大嫂和侄女住最东边单独开门的房间。

晚上我害怕，就喊椿妮来跟我做伴。我和椿妮在床上对着镜子，学戏里的样子给自己的头上插花。或者披着被单当戏服，学戏里的人物在床上扭着走路，唱戏。窗户没有窗帘，椿妮妈在院子里看到我俩的滑稽样儿，满是宠溺地说，看这俩妮子，癫狂里不行。

我感觉自己有点依赖椿妮了。放暑假时，椿妮割草，我跟着。椿妮去她三叔家喝水，我也跟着。椿妮性格直爽，感情粗枝大叶，不像我有很多小心事。她表现出来的大方坦然，令我羡慕，我觉得自己越大越畏首畏尾了。

女孩子开始发育时，胸部鼓起两个杏子一样的包，压一下，有点儿疼。成长的困惑让人烦恼。"骠"婶说，每个人都是这样长大的。有一次，椿妮若无其事地说，她妈说过几年我们还会像大人一样来月事。我一听羞死了，多难为情的事，她说起来一点儿也不在乎。

让我自卑的是，椿妮有了两件白色小背心。我50多岁的妈妈，不像椿妮的年轻妈妈一样想得周到。椿妮越来越像个少女了，我却害怕长大，走路低着头，含着胸，家里来了客人，就藏到里间不敢出来。

快过年时,我家跟大哥家正式分家,我和奶奶也搬到二哥的新房里了。椿妮长得比我高、比我壮,她的头发长长的,梳了一条粗辫子,像个秀气的女孩子,还是嗓门大。

椿妮小学毕业就辍学放牛了,她妈再打她时,她生气地拿棍子照着牛后腿使劲打一下解气。

成长,给我带来了无穷的烦恼,我粗心的妈妈自然不知道。后来我读初中住校,再后来读大学、工作,跟椿妮很少见面了。

椿妮就是大人喜欢的能干姑娘,她像一棵小树或者一棵庄稼一样茁壮成长。她结婚后有了孩子,"骡"婶过几天就想她,让弟弟叫她回娘家住。小时候挨打受骂的椿妮,长大后成了"骡"婶牵挂的宝贵闺女。椿妮的儿子是"骡"婶一手带大的。大概觉得小时候亏待了椿妮,"骡"婶想在外孙身上补回来。

妈妈说,椿妮这孩子仁义,她堂弟考上大学向亲戚借钱,椿妮把自家准备盖楼房的钱都借给了三婶。

现在的椿妮,在农村生活得简单幸福。"骡"叔和"骡"婶在自家的地边上盖了两间平房,他们老两口单住,不给两个儿子添麻烦。椿妮是他们的小棉袄。常来看望他们。

丁 香

妈妈从箱子里拿出一块花布，举着对丁香说："你去放牛，牛放好了，给你做新布衫。"丁香喜出望外，六岁的她，除过年添一身新衣，平时还没做新衣的先例呢。她的衣服大都是亲戚家孩子穿旧的。这样的衣服，也要关系好人家才给。

丁香有两个哥哥，父母辛勤种地，供哥哥读书。20世纪80年代初，山里人饭仍不能吃饱，哪敢奢望穿新衣呢？妈妈居然要给丁香做新布衫了，激动得她有点晕眩，不知道该怎么走路了。

她家日常吃玉米渣或小米汤，只有稀的，没有干的。馍馍和米饭过年或来客了才吃。丁香觉得，喝两碗玉米渣能饱，但她知道，她吃饱了，妈妈要饿肚子。妈妈每顿吃家人剩的一小碗玉米渣，小米汤中只有几粒可怜的小米。

丁香喜欢去外婆家，外婆给她做稠玉米渣，有时还给她吃一个鸡蛋或半块面饼，她感到幸福极了。但她很快明白，外婆家也不富裕，她吃一顿饱饭，外婆好几天都要忍饥挨饿。

由于营养不良,六岁的丁香还没牛高。她胆战心惊地牵着庞然大物——老水牛到田埂上吃草。过一两个钟头,丁香觉得差不多了,就牵牛回家。妈妈一看水牛瘪瘪的大肚子说,不行,没饱,再去放。丁香又把牛牵出去放。一天下来,反复三四次。太阳落山时,丁香把牛牵回家,妈妈才说牛吃饱了。老水牛卧在院里,悠闲地倒沫,大嘴唇一错一错地咀嚼反刍,看得丁香肚子都饿了。

夏天蚊虫多,水牛脏兮兮的屁股特别招蚊子和牛虻。牛吃草时,尾巴像个大扫帚,左甩来右甩去,驱赶蚊虫。牵牛的丁香非常担心被牛尾巴扫中。

丁香慢慢了解牛的脾性,开始跟村里孩子一起,把牛赶到山坡上放。山坡被村里人这一块、那一块地挖了菜地、红薯地。一不留神,牛就拐到地里偷吃菜、吃红薯叶。放牛时,丁香一点儿也不敢大意。

除了放牛,丁香还给家里小猪和小兔割草。让她开心的是,一年里头,总能吃几回腌猪肉,肉块虽小,但菜里的油香让她陶醉。

那时兔毛一斤40元,40元在当时是一笔巨款,刚参加工作的工人,一个月工资才18元。养兔子的钱能补贴家用,人情来往都要花费。父母还要把钱一分一分攒起来,给哥哥盖房娶亲。村里父母，都是这样未雨绸缪的。

有件尴尬事，丁香几十年后才敢说。她和同村一个女孩去山坡上割兔草，见陡坡上有片藤样的植物，两人开心地割起来，割到根部时发现，这是人家菜地里的豆角秧，因没搭架子，豆角秧爬上了山坡。两个小姑娘吓坏了，她们把豆角藤切成小段，放筐子中间，上面盖上草，两人商量好，死活不承认，才胆战心惊地回家了。

令她们害怕的事还是发生了。豆角秧的主人一手拿切菜板，一手拿菜刀，边骂边用菜刀敲菜板："哪个黑心烂肠子的，割我家豆角秧，让他头顶生疮，脚底流脓，不得好死！"

看着那人凶恶地从她家门前走过，丁香更坚定了不说的念头。她知道，如果承认了，父母要赔人家钱不说，她免不了要被父母打一顿。家里那么穷，哪有钱赔人家？况且这种事，会被村里人说一辈子的。

有一次，二舅来了，父母都在田里做活儿，天黑才回家，家里就丁香一人。她想学妈妈的样儿，做顿午饭招待舅舅。她踩着凳子，费力地取下一小块挂在厨房梁上的腊肉，洗洗切了，放锅里炒熟。因为第一次烧火做饭，她弄了一脸的黑灰，饭菜总算熟了。她把炒好的肉铲到碗里的玉米渣上，端给舅舅吃。舅舅吃一口，皱一下眉头，一副难以下咽的样子。舅舅说吃不了那么多，要把腊肉拨出来。丁香以为舅舅客气，就实心实意让舅舅吃，不让他把肉拨出来。

舅舅走后，丁香才开始吃，没想到，一块肉放嘴里，她差点儿吐出来，腌肉本来咸，她又放了一大勺盐，吃起来跟吃盐一样。丁香这才明白舅舅为什么皱眉了。妈妈回来说，丁香放的盐，就是添一满锅水都够咸了。

外婆来丁香家，从带大襟的口袋里，掏出一个煮鸡蛋或一个桃子给丁香。丁香恨不得一口吞下。但外婆却教育她，不能吃独食，要跟人分享，否则将来怎么混社会？混社会是要朋友的，不懂分享，怎么会有朋友？丁香从小有什么吃的，哪怕一个桃子、一小块饼干，也跟哥哥或邻家好友分着吃。

丁香十六七岁到南方打工，挣的钱都寄回来，帮爸妈给哥哥盖房成家用。

丁香其实是我一位表婶的外甥女，家在县城西边的山里，小时候常来走亲戚。如今，四十多岁的丁香有孙子了，家里楼房盖得阔气，她和爱人包了50亩地种蔬菜瓜果，每年收入可观。儿子儿媳是少数没出去打工的年轻人，他们帮助父母种地，兼做自媒体小视频，把自家的生活日常传到西瓜视频上，粉丝上百万，我就是其中之一。我是偶然刷到她家的视频的。我几乎每天都看丁香家的小视频，虽远在他乡，感觉心跟故乡贴得很近。

橘 红

橘红是村里干活赛男人的女汉子，也是生活节俭得近乎吝啬的人。身材高大，皮肤黝黑，浑身有使不完的力气，就是对她的真实写照。

她嫁到我们村时才20岁，婚后她婆婆就没下过地了。橘红嫂的爱人海银是身强力壮的棒小伙，家里几亩地的活儿不够他们夫妻俩几划拉的。

海银两个姐姐，一个妹妹，姐姐们出嫁了，妹妹海青在上小学。

橘红嫂在院子的边边角角都种上了菜，还把村子公共厕所后面她家的菜园子扩大了面积，不但种茄子、辣椒、番茄、黄瓜、倭瓜、冬瓜、葱蒜等家常的蔬菜，还种了村里人以前没见过的芋头。芋头的叶子我们开始不认识，还以为是荷叶呢。

以前她婆婆种菜，菜地的菜长得一般。橘红嫂把菜地伺弄得勤，肥上得足，菜比别家的都长得好。红彤彤的番茄，一摘一盆子。顶花带刺的黄瓜，一天能摘一篮子，有一根黄瓜竟然长到了一米长。

她家院子里有棵小石榴树，以前家人用洗脸水泼树下，基本不管理。石榴花每年开得鲜艳，只是石榴结得少，很小，不能吃。橘红嫂给石榴树松土上肥，精心护理，秋天，小石榴树竟结了不少沉甸甸的大石榴，细细的树枝快被压断了。

海青拿一个大石榴，在村里小孩面前炫耀说，谁想吃石榴得先猜个谜："红砖红砖摞红砖，一摞八百千。"谜底就是石榴。

橘红嫂活做得好，儿子养得乖。婆婆抱着大孙子在村里串门。别人见了都夸孩子漂亮结实。这孩子特省事，夏天奶奶在床上睡着了，不到一岁的小孩扶着床沿玩，玩累了蹲地上歇会儿，奶奶一觉醒来，发现孩子还在玩，不哭也不闹，也没有磕着碰着。

海银在南方打工，橘红嫂屋里的粮食茓子堆得满满的，她却舍得做馒头吃。春天常熬一锅荠荠菜或辣菜汤喝，夏天则煮一锅嫩玉米吃一天。芝麻叶面条里面条很少，黑压压全是芝麻叶，听说她因营养不良曾到医院里看过闭经。

海银在南方挣的钱不少，钱寄回来，橘红嫂一分不花都存银行里。海银过年回家，见邻家媳妇穿皮鞋和时髦大衣，也想给媳妇买，橘红嫂说啥也不同意，她恨不能把一分钱掰成两半存银行里呢。

海银过年回家，给村里长辈拜年，总穿一件旧军大衣，临出门时，橘红嫂反复叮嘱，别把大衣弄丢了。她家的东西，一根绳头都舍不得扔。海银笑着说，这破大衣，扔大路上都没人拾。的确如此，这几年，村里人富裕了，常有年轻媳妇收拾一大包衣服，用电瓶车带着，扔到远处的沟里。

冬天，橘红嫂两口子在厨房里围着一个煤火炉做饭，炉子里烧的是橘红嫂在村南的砖厂伙房捡的煤渣，他们用这呛人的煤渣做饭，一顿饭一个小时也做不好。橘红嫂眨着一双精明的眼睛说，一冬天能省两百块的煤钱呢。她瞧不起村里某某女人不会过日子，平时穿金戴银的，一有了事，就着急忙慌地到处借钱。

儿子结婚时，橘红嫂终于大方了一回，给儿子盖了气派的楼房，买了县城最贵的实木家具，买的电瓶车也是店里最贵的。夏天还盖了洗澡房，装了太阳能。

有了孙子以后，橘红嫂依然节俭。孙子吃的零食她舍得买，但她自己从不舍得买新衣。她给当教师的儿媳带孩子，儿媳整天好吃好喝供着她，半年下来她胖了十几斤。放暑假媳妇回了娘家，橘红嫂又一天一锅玉米棒子当饭吃。孙子不在家，她每天给盖房子的人家掂水泥挣钱，一天能挣70元。本是男人干的活儿，她比男人干得还欢，一月下来瘦了十几斤。

亲戚家待客，吃饭时，别的小孩的家长发愁喂不进孩子饭菜，看橘红嫂的孙子不挑不拣吃得香，就数落自家孩子："叫你仨月不见肉，看你吃不吃。"似乎橘红嫂的孙子仨月没吃过肉一样。这种场合，橘红嫂不介意，剩菜剩饭她也乐意打包回家，人不能吃可以给狗吃。

平时橘红嫂自己不吃肉，只炒一点肉片让孙子夹馍吃，或在孙子的面条碗里搁几片炒熟的肉。杀一只鸡，孙子能吃几天，她只吃点鸡血、鸡爪子、鸡肠子。她给孙子吃肉没断过，但也没让孩子吃过瘾过。

后来孙子上学了，橘红嫂去县城帮人打扫刚装修好的房子，每天能挣一百元钱。只要有钱赚，她比谁都积极。洗衣做饭都是儿媳妇的活儿。

夏天闷热，橘红嫂觉得开空调、电扇费电，用电瓶车载孙子去县城的超市蹭凉。她最喜欢参加超市的营销活动,比如剥葡萄皮比赛,虽然得不了奖,但葡萄免费吃,这样的便宜哪能错过呢?

橘红嫂对孙子说:"奶奶攒钱是为了将来供你上大学哩,你要好好学习,争口气。"她后悔没让儿子读大学,以前她觉得上大学没用,大学毕业也是出去打工,不如直接打工便宜。现在眼看上过大学的亲戚都干上了体面的工作,她才有了好好培养孙子的打算。

儿子、媳妇花钱大方,也孝顺。儿媳给橘红嫂买了新衣服,橘红嫂就问在哪家店买的,把发票要过来后,偷偷到店里退掉了。几次之后,儿媳也不再给她买新衣,随她的便了。

有一次,橘红嫂送孙子上学,不小心电瓶车砸在脚踝上,骨折了。医生嘱咐,打上石膏得卧床休息3个月。她整天唉声叹气,一想到仨月不能挣钱,就心急如焚。还没到时间,她就瘸着脚出去干活了,脚踝肿得老高。儿媳劝她保重身体,说以后还要她带重孙子呢。橘红嫂这才愿意安心休息了。

村里媳妇羡慕她身材好。她这个年龄的妇女,很多人有了三高或腰腿毛病,她什么病也没有,壮得像头母牛。

奶奶的规矩

俗语讲：没有规矩不成方圆。穷乡僻壤，也有一些约定成俗的规矩。自然，其中不乏封建迷信糟粕。

我的奶奶是一位小脚老太太，为人谦和善良，爱讲规矩。幼时，村里的棉花技术员轮流在各家吃饭。一天，一个圆脸的棉花技术员姑娘，轮到我家管饭。妈妈做了蒜汁捞面条，又做了菜热面条。

妈妈用笊篱把面条捞到一个凉水盆里拔凉，留少许面条在锅里，打上蛋花，放上嫩苋菜叶、油盐、香油，就成了热面条。吃了凉面条，再喝一碗热面条，原汤化原食。

棉花技术员二十来岁，她吃了一大碗凉面后，起身去厨房盛热面。她刚出堂屋门，我奶就撇嘴说，这姑娘没规矩，吃饭嘴吧唧恁响。

由此我知道了，女孩吃饭，嘴里不要发出大的咀嚼声，显得不够文雅。

邻居"洋谈"大娘爱讲老猴精、放屁精的故事，我们听一遍笑一遍，听了还想听。奶奶则认为，女孩家当众放响屁或大声说屁，是没规矩。遗憾的是，小时候我常把奶奶的话当耳旁风。

我吃饭伸懒腰。奶奶生气地说："吃饭伸懒腰，有福也跑了。"有一次，米饭的锅巴很香，我用饭勺刮了就着勺子吃，奶奶说："吃饭就勺子，找个黑婆子"。我从爱叹气，奶奶说，小孩子家，好好的叹什么气。

吃的东西不能数，越数越少，不数则说明多得数不过来，有讨吉利的意思。过年时，妈妈蒸大馒头、包饺子，我在旁边数数。妈妈把我撵出去了，说谁让你数的，大过年的，没规矩。奶奶的规矩，妈妈完全认同。还有，筷子不能直直地插在饭菜上，要斜放，或平放。筷子插饭菜上，是祭鬼神的，人吃的饭菜不能这样插。

奶奶嫌我说话声大，说女孩子说话要温柔，要笑不露齿，坐有坐相，站有站相。睡觉要侧身睡，不能四仰八叉。顽皮的我才不管这些，依旧我行我素。但奶奶的话，无形中也印在我脑海里了。

上中学后，我开始有意说话放低声音，学斯文。大学毕业后，我去一所中学当老师，一位老教师说，这姑娘说话绵软无力，一点也不恶，能管住学生吗？

我的婆婆是 20 世纪 50 年代初出生的人，她年轻时会背许多毛主席语录。她说毛主席教导大家要相信科学，不要迷信。婆婆吃饭嘴吧唧很响。她调饺子馅，调好了筷子直直地插在馅子上，奶奶的规律无形中影响了我，我看了觉得别扭，趁婆婆不注意，把她的筷子拔出斜放或平放。婆婆蒸馒头或做饺子，每次都数："一双、两双、三双……"小时候，奶奶和妈妈嫌我不懂规矩，现在，我觉得婆婆不懂这些规矩，又让我不舒服。

在我老家河南，重男轻女思想严重。清明节和农历十月一这两个鬼节，不许出嫁的女儿回娘家上坟，认为出嫁的女儿清明回娘家烧纸，会死娘家人。父母过"周年"时，出嫁的姑娘是可以回娘家烧纸祭拜的。如果回不去，可以在十字路口画个圈，留个朝向自己家乡的口子，在圈里祭拜，说是去世的亲人能收到。

我二伯去世时，堂姐才几个月。二伯去世几十年，堂姐都没在清明和农历十月一给二伯上过坟。不是她不想，是老家的规矩不允许。我妈和我大伯母去世后，堂姐征得堂哥和我大哥的同意，给我二伯修了坟，立了碑。清明节和阴历十月一，她可以去给二伯上坟了。因为我大哥和我的堂哥都不太讲究老规矩了。

大堂嫂也迷信。她女儿嫁在对面的厂里，平时常在娘家吃饭，但逢小年、除夕、大年初一这三个日子，大堂嫂一定会赶女儿回婆家。迷信说法是，出嫁的女儿过年不能在娘家吃饭，"吃了娘家的米，一辈子还不起"。

我大哥不迷信，有一年，侄女一家回大哥家过年，连她的公公婆婆都去了。大哥允许这样的事，算比较开通。侄女的公婆跟我大哥大嫂平辈，按我们老家的规矩，平辈是不给平辈拜年的，只给长辈拜年。

现在的人，很少讲这些农村习俗。我的同事邻居，放寒假了很多都回娘家过年。习俗是大家约定成俗的，随着社会的发展，也在不断变化。奶奶辈的规矩，现在少有人在意了。

时间的烟尘，一层层掩盖着千百年来人们赖以为生的土地，掩盖着人欢马叫的村庄，但总有一些美好，是永远不会湮灭的……

徜徉于故乡之河的童年方舟

郭　园　周春英

翻开李九伟的散文集《我们的小时候》，一股浓浓的乡土气息便扑面而来，那是她在回望精神原乡后，内心的乡忆乡愁与童年欢乐时光碰撞出的灵魂悸动。全书十数万字，由衣食住行、童心童趣、希望的田野、乡村的娱乐、乡村人物素描五部分构成，以1979年至1983年为时间节点，展开了一幅20世纪七八十年代豫南农村的生活画卷。

在这部散文集中，作者写的是童年，是那个她梦萦魂牵的确山。确山是她的精神原乡，作者不舍和牵挂的仍是确山的那些人、那些事、那些物、那些景，以及蕴含在其中的浓浓乡情。拨动时光的船桨，一叶童年方舟于故乡之河徜徉。

一、童年的人：一群庄稼人的喜怒哀乐

"岁月的流逝，让我们变得理智健忘，但是，总有一些人和事，透过岁月的微光，依然清晰可辨……"作者自大堂哥"借褂子相亲"写起，至全书的最后一篇"奶奶的规矩"而告一段落。这里面写到了因借衣服相亲而遇到知心爱人的大堂哥；永失所爱，每日以泪洗面的大堂嫂；勤恳本分做家务做农活的母亲，"每年夏天，妈妈都会晒几盆豆瓣酱，作为一家人一年里佐餐的小菜。"也写到了平时花钱大方，但却心里有底的爸爸；给孩子们讲故事、讲过往、缝香包的奶奶。还有那些乡村女性：命途多舛的禾苗；"干活赛男人"的"女葛朗台"橘红嫂；大嗓门的白芷；为人大方的荞麦嫂……一应庄稼人随着作者的回忆粉墨登场。

正所谓文学即是人学，写文其实就是写人，文以情动人，情因人而真。人是感情的承载物，是乡愁的承载物。归根究底，作者主要还是围绕着人来写的，写的还是千百年来生活在那片土地上的庄稼人。哥哥的喜、大堂嫂的哀、父亲"上有老下有小的甜蜜忧愁"、"我"独特的童年欢乐，这些情绪就如同附着在庄稼人身上的烟尘一样，其纯真淳朴的特性早已融入骨血与灵魂，与生俱来，挥之不去。她的乡愁散落在一群庄稼人的喜怒哀乐里。

二、童年的事：一颗童心的天真烂漫

　　作者在"童心童趣"这一章里写了她小时候唱过的儿歌、玩过的游戏、她的动物玩伴以及每个小朋友或多或少都遇到过的一些童年囧事。比如：小时候大家经常会问父母，我是从哪儿来的？骨子里含蓄的中国父母总是告诉孩子"你是捡来的""你是下地干农活刨来的""给你说个婆家吧""给你找个花媳妇吧"……这是庄稼人对于活泼可爱的男孩女孩的俏皮调侃，懵懂的孩子根本不了解其中的含义，甚至作者和玩伴还认为这是骂人的话……还有跟着电影电视里的人有样学样，长大后我也要如何如何。作者描写得真切，在写这一节时，她的嘴角一定是扬着微笑的，因为童年回忆再度焕发了她的童心，童心是对一切事物的好奇，对一切事物的模仿，有着自己小小的人生信条，会仔细观察感兴趣的衣着。小童心勾出童年肚子里的馋虫，小童趣让你我似曾相识。"抬花轿、叨鸡、挤油油、玩泥巴、挑棍、赁窑、砸砖"那个时候孩子们的娱乐形式往往就地取材，娱乐内容也十分简单，一块砖头、一根棍子、一块泥巴又或者是一片叶子都够孩子们玩上一天。《盘脚盘》《月姥娘》等乡村民俗儿歌，烧熟了吃很香的虫子"香半夜"等一切关乎童年生活的经历不仅在当时是趣事，而今作者回忆起来仍是心有回甘,有浅浅的甜蜜在心底回旋。

那些童年趣事、童心囧事、童情小事承载着长大后最美好的儿时回忆,这一撮撮指缝里溜走的时间,更是成家立业后的幸福往事。"童心童趣"就像一条中轴线一样,两边分别排列着乡村人物的衣食住行和乡村田野、乡村娱乐,构建起童年天真烂漫的规整轴对称。也像一轮红日,其余所有都是围绕着童年童心和童情童趣而转动的,在这片神奇的土地上,人们夏耕冬藏,年复一年,时光流转,她变了,她也没变,她的乡忆包裹在一颗童心的天真烂漫里。

三、童年的物:一个时代的微观影像

人是社会的人,生活也随着时代的变迁而不断发展变化着,作家李九伟的"小时候"是刚刚改革开放初期的20世纪80年代。千层底布鞋、(衣服上)打了又打的补丁、海军服、喇叭裤、的确良、窝头、燎麦穗、土坯房、红砖瓦房、"三转一响"、架子车……这一个个熟悉而又愈加久远的名词,这里面绝大部分物品、生活方式都已经逐渐淡出人们的视野。但在那个时代,很多东西是家家户户都想要拥有和追求的。计划经济的年代凭着票证购买物品,所以才有了大堂哥借褂子相亲；一座简单的"红砖瓦房"就能令人们喜笑颜开；买不起衣服，所以就有了化肥袋做的棉衣里子；食物种类单一，就在春天吃"燎麦穗"、寻找茅线品尝，"我"称奶奶的大木箱为"百宝箱"，是因为里面有很多好吃的，那是作者童年记忆中的味道……

　　书中说："作者的'小时候'是一段被时间掩埋的过往，是那一代人的史书，也是那个时代的宣言书。"作者对于小时候衣食住行的书写其实是一个时代的微观影像，那些物品和生活方式体现了强烈的时代特征。衣食住行与人们的日常生活息息相关，是看得见摸得着的，记录和反映一个时代最好的方式就是记录衣食住行，因为衣食住行就浸润在人们的日常生活中，最是能令人们真切地感受，真实捕捉生活的变化。作者通过回忆这些童年物品，除了要呈现她的个人记忆之外，更多的是想通过那些真实存在过的物品和生活方式呼唤起大众对那个年代的集体回忆，镌刻下那个时代的艰辛与不易、幸福和甜蜜。讴歌时代变迁，述说时代变化。通过那个年代童年记忆中独有的、与自身生活密切相关的物品，建立起与读者的交流对话。将小人物与大时代相互联系，小人物走过大时代，小乡愁映出家国情，政治变迁带给农村农民农业的变化清晰可见，百姓生活与国家富强荣辱与共，风雨同舟。她的乡绪充斥在童年的衣食住行中。

四、童年的景：一部农村的百科全书

作者将笔触深入家乡的田间地头，将农村日常生活中最常见的动物植物作为描写对象，中国是一个古老而悠久的农业王国，而作者生活的中原大地又是农业大省。小麦、大豆、高粱、玉米、红薯是我国的主要粮食作物，它们普通而又顽强地生长在那片土地上，就像那群勤劳朴实的庄稼人一样；同时又是一种特别的存在，它们一年年供养着那片土地上的人们，无论是留守者、外出者，他们都曾经或正在接受这些大地精灵的馈赠。此外，鸡、鸭、猪、牛、马等最常见的家禽；蛇、青蛙等最为普遍的田野动物；蚂蚱、蛐蛐、香半夜之类的昆虫都一一成了作者书中的主角。他们或成为作者的玩伴，或成为作者口中的美食，或成为作者浮想联翩的寄托。植物、动物和人物共同构成了作者年少生命中一道道靓丽的风景，也像是一幅幅被点染的乡村水墨画。合力著就了一部微型的农村百科全书。

值得一提的是，作者在写这些农作物时，除了现身说法之外，还援引了《神农本草经》《本草纲目》《金薯传习录》等农医古籍，这不仅增强了散文的厚重感更为读者普及了一些生活常识,趣味性与实用性皆有,同时也足以见得作者爱家乡是爱到骨子里的,因为爱屋及乌,所以爱那片彩云和彩云下的老家。所以才会去古人的智慧中寻找有关家乡的一切,寻找生长在那里的花花草草。她的乡弦暗含在蓝天下的那片黄土地里。

五、童年的情:一段岁月的精神歆享

纵有物质生活的艰苦,但依然要坚强乐观,顽强向上,苦中作乐,乡村的娱乐方式虽然简单,却丝毫遮盖不住乡村人对精神生活的追求,质朴外表下依然有属于他们的人文情怀和艺术品位。"童年的乡村,娱乐方式主要是看电影、看戏、听说书、听收音机,人们通过这些途径,娱乐自己,了解社会和历史。"作者说"乡下的孩子都是电影迷",因此孩子们都是饿着肚子占座位,与当下看电影的在线选座相比,不禁令人感慨万千。"热热闹闹"和"浩浩荡荡"两个词写出了村里人对待精神生活的隆重与激动。那个年代对于乡村人来说:"看电影是了解外面世界的一个窗口。"作为小戏迷,她更是每一场戏能看尽看,她认为戏曲具有文化育人的功能,戏曲的惩恶扬善理念影响了母亲的价值观和人生观,这是母亲在村里一辈子与人为善、受人敬重的一个重要原因。

文艺作品正是用其真善美的精神内核影响人、塑造人、教化人，书中所提到的文艺形式，在农村通过大众喜闻乐见的方式传播开来，通俗易懂，雅俗共赏，即使文化水平不高的人也能从中获益良多。

电影、戏曲、广播、说书，这些典型而又基础的文艺形式敦促着人们向上向善，在那段精神和物质都有所贫瘠的岁月里，或许正是它们影响了作者，作者的锦绣文心大抵正是来自于童年的乡村娱乐，这些弘扬真善美的"原味"文艺在不知不觉间于作者心中埋下了纯净纯洁纯真的种子。正如李九伟的这本散文集一样"清水出芙蓉，天然去雕饰"。质朴而不庸俗，纯粹而不平淡。那是一段岁月的精神歆享，她的乡声流淌在童年的文艺情怀中。

六、结语

三毛说："心若没有栖息的地方，到哪里都是流浪。"确实，人需要靠内心的温暖，才能找到勇气来面对外界一切的困难，无论在哪里流浪，人都需要找到一个可以让自己的心栖息安放的地方，这是动力的发源地，是内心深处的后花园，更是心灵的家园。虽然身体的漂泊让人痛苦，但是如果有了一颗安定平和的心，那么，在世上便没有漂泊的地方了。

李九伟的"确山"就是她心灵的栖息之地,她的作品情感真实,没有太多的粉饰,而是展现生活的原貌和生活中的智慧与趣味。这部散文集饱蘸深情,表达了作者对童年对家乡的真切渴望,这是她表白童年和故乡的散文诗,一字字、一行行的诗句里有作者心的热泪,眼角眉梢的喜悦甜蜜。

诗歌反映时代气象,散文带你品味人生。正如作者在结尾处写道:"时间的烟尘,一层层掩盖着千百年来人们赖以为生的土地,掩盖着人欢马叫的村庄,但总有一些美好,是永远不会湮灭的……"去吧,翻开这本《我们的小时候》,你一定能找到自己的影子,祖辈们的影子,时代的影子。

(郭园,宁波市镇海区作协会员,宁波大学校友;周春英,中国文艺评论家协会会员,宁波大学人文与传媒学院教授)